DEERBOOK
鹿　书

你见过

央金的

翅膀吗

柴春芽 著

武汉大学出版社

献给 黄静薇

# 目 录

# 长着虎皮斑纹的少年

他想收回目光，准备带着遗憾死亡。但这最后一
瞥，竟让他看见一桩奇迹。一个红衣喇嘛踏着翻腾的浪
花，像在平坦的地面上闲庭信步似的，向他走来。一头
虎一般威武凶猛的黑色藏獒，留在大河对岸。旅行者以
为自己又在做梦。慢慢地，慢慢地，红衣喇嘛走上小桥。
噢，可怜的人，请允许我带你去印南寺。旅行者仿佛听
见有人在他耳边低语。他用尽最后一丝力气，缓缓抬起
头来。他的眼里满是泪水，因为他看见红衣喇嘛袒露在
袈裟外面的右臂上长着虎皮斑纹；因为他终于明白，多
少年来，他并不是在做同一个梦。

在须弥山或艾佛勒斯山中，

夜宿于积雪之下

的洞窟，

并被大雪和严冬的厉风

抽打其裸居之地的隐士们，知道

白昼周而复始带来黑夜，黎明前

他的荣耀和碑铭消逝不见。[1]

——叶慈（William Butler Yeats）《须弥山》（*Meru*）

1　叶慈：《苇丛中的风——叶慈诗选》，傅浩译，台湾书林出版有限公司，2000，第333页，稍有改动，特此说明。

向西三十里，就是印南寺。那个右臂上长着虎皮斑纹的少年指了指辽阔草原，漫不经心地说了这么一句。他的汉语好得出奇。旅行者刚从长途班车上下来。他的心还在狂跳不止。就在刚才，班车行驶在公路拐弯处，一辆迎面而来的卡车差点与之相撞。卡车司机一看就是个酩酊大醉的酒鬼。旅行者伫立公路边，眺望金色朝阳下鲜花如织的毛卜拉大草原。大草原的边缘，抵挡着美玛措湖的雅拉雪山，仿如白漆栅栏一般连绵不断。雅拉雪山几乎就是地球的边界，谁要是一不小心跨过去，弄不好就会掉进宇宙的深渊。根据少年所指，印南寺就在雪山另一边。

毛卜拉草原的八月虽是一年中最美的季节，但早晨的天气还是很冷。旅行者感到风像一群蜥蜴，从他身上爬过去。他的皮肤收得很紧。他把半人高的背囊放在路边岩石上，解下系在腰间的红色冲锋衣，穿在身上。冲锋衣的领子高高竖起，以抵挡从雪山上不断吹来的冷风。冷风中，雪的味道甜丝丝的，很像几天前他妻子身上被阳光晒出的味道。以前所未有的新鲜感，旅行者自从离开城市以后，第一次像头觅食的野兽，抱着妻子吻遍她的全身。妻子身上的味道和雪的味道一样，都很冷。

右臂上长着虎皮斑纹的少年似乎有着石头般坚硬的身体，即使整条右臂裸露在羊皮袍子外面，他也没表现出一点受凉的样子。虎皮斑纹照亮了他的整个身体。旅行者第一次看到一个人的身上居然长着虎皮斑纹，这让他感到不可思议。他指着少年右臂上的虎皮斑纹，脸上露出诧异的表情。少年没作任何解释。他蹲下身去，和脚边的一只小藏獒玩耍起来。黑色小藏獒憨敦敦的，牙才刚刚长齐。它张开小嘴咬着少年的手指。为了感谢少年向他指明了方向，旅行者从背囊侧兜里掏出一颗苹果递了过去。少年接过苹果，美美地咬了一口，然后把苹果举起在一只眼睛前面，闭上了另一只眼睛。我可以透过一颗残破的苹果看到这条狗的一生。他咽下嘴里的苹果，颇为严肃地说。旅行者一愣。他发现少年在说这句话时，深沉得像一个历经沧桑的老人，完全看不出刚才和小狗玩耍时那种天真烂漫的神情。那你能不能透过这残破的苹果看到我的一生？旅行者虽然保持着沉默，但在心里，他还是发出这样的疑问。少年好像一眼就看穿了他的心思。不能。少年说，如果让我看到你的一生，我得透过这条狗的眼睛。旅行者愈发觉得好奇。他作出一副洗耳恭听的样子。少年却学着旅行者，开始缄默不语。他冲着旅行者露出一个顽皮的笑容，然后一边吃着苹果，一边逗弄小藏獒，恢复了一个少年天真烂漫的神情。少年身后，隔着一条小溪，一个藏族女人慌里慌张地走出黑色牛毛帐篷，冲着公路用藏语喊了两声。少年立刻直起身来，讳莫如深地看了旅行者一眼。你一辈子都走不到印南寺。旅行者听见少年如此说话，觉得他是在开一个玩笑。他刚想问他为什么，少年却已向着黑帐篷奔跑而去。他奔跑起来轻盈得像一匹哈达。小藏獒追逐少年的脚步，几次在草丛里跌倒。旅行者把少年的最后一句话当成了恶作剧。他是多么调皮！旅行者在心里感叹了一句，然后背起背囊，一脚踏入那条满是马蹄印和摩托车辙印的小路，向着草原深处走去。露水很快就打湿了他的裤脚和登山鞋。他没注意到这些，因为他一直想着少年那讳莫如深的眼神。那眼神像一道闪电，照亮了他的内心，让他的隐私暴露无遗。可不能让那少年把我的秘密告诉别人。旅行者走过独木桥时还特意回头看了一眼不远处的黑帐篷。黑帐篷围得严严实实，只能够看到一缕蓝色炊烟，从帐篷顶上的铁皮烟筒里徐徐冒出。四匹马在帐篷周围吃草。它们安静得像是在做梦，但无法知晓它们是否梦见了那长着虎皮斑纹的少年讳莫如深的一生。一支鹰的羽毛停顿在空气里。草原上的风停顿在雅拉雪山的褶皱里。那一刻，世界陷入邃古般的寂静。

随着太阳逐渐高升，大地开始热气蒸腾。虽然有一顶几天前妻子给他买的毡帽遮挡阳光，但旅行者的额头还是渗出了汗珠。他在心里数着自己的脚步，默默无声地行走。也许我应该像个朝圣者一样，五体投地，一步一个等身长头，一直叩拜到印南寺去。否则，我怎能洗清自己生而为人的罪孽？几天前，旅行者和妻子在公路上徒步行走时，就曾遇见过一个叩拜等身长头的朝圣者。那是一名骨瘦如柴的康巴汉子，他那一双悲伤的眼睛，让人看了真想流下泪来。他的手上用牛皮绳系着两块护板，一张生羊皮挂在胸前。那张生羊皮权且当作他的上衣。他那赤裸的脊背受到长年的日晒，变得像一块被反复锻打的黑铁。由于他一次次匍匐在石子路面上，那张生羊皮都快要磨透了。尊敬的朝圣者，你这是要去哪里？旅行者记得妻子几乎是用一种颤抖的声音向朝圣者提问。朝圣者并未停下他叩拜等身长头的连贯动作，但他停下了喃喃不断的诵经声，用一副草原歌手的好嗓音回答说：拉萨。是的，拉萨，一千多公里以外的拉萨，无数雪山和河流之外的拉萨。只有藏人那钻石般的意志才能创造这样的奇迹。我可做不到。旅行者在草原上一边踽踽独行，一边像几天前和妻子一起徒步时那样在心里说道。我连徒步走路的时间一长，都会觉得像自杀一样。这也难怪，因为他是第一次离开城市到遥远的地方旅行。如果不是为了一个像火一样日日烧灼他心灵的秘密——那也是他和妻子共同的秘密，他绝对不会到这种地方来。几天前，旅行者对妻子还说，他是一头在城市里圈养惯了的宠物，对野性的生活早已感到陌生和恐怖。光这火辣辣的太阳就够他受的了，更别说像只蚂蚁一样在太阳底下徒步旅行。离开城市不到一个星期，他脸上已被晒脱了好几层皮。八月草原的阳光像刀子一样。旅行者的脊背上，汗水已经湿透了冲锋衣。随着一块石头在脚下一绊，他一头栽倒在草丛里。旅行者脱掉冲锋衣，头枕着背囊，仰躺在地上。直到此时，他才看到那只追踪了他好几天的秃鹫，像标本一样，张开巨大的翅膀，一动不动地悬挂在天上。他甚至能看清秃鹫那阴沉的橘黄色虹膜。也许我的身上透着一股死尸的气味。旅行者这样想着，同时嗅了嗅自己的两边肩胛。他的身上只有一股汗腥味。由于太阳光的强烈照射，旅行者身周的青草和鲜花香气馥郁，几乎盖住了他身上那股难闻的汗腥。他不明白那讨厌的秃鹫为什么像个复仇者一样对他穷追不舍。真烦人！你这死神一样的家伙，我会杀了你。秃鹫纹丝不动。草原上连一丝风也没有。为了摆脱那只秃鹫给他带来的不快，旅行者索性用毡帽遮住眼睛，想要进入睡眠状态。他已经有好几天没睡觉了。以前，他是多么嗜睡啊。他记得妻子经常说他的身体里装着大海一样的睡眠，即使用上好几个世纪也都不会用完。可是，就在几天前，他身体里的海洋突然就被大草原上的太阳给榨干了，只露出一片龟裂的盐碱地。我再也不能睡眠了，旅行者痛苦地想。我已经把好几个世纪的睡眠都给耗光了。在这几天无睡眠的时间里，旅行者发现人生突然变得极其凝重，凝重得就像好几个世纪被打成了一个巨大的包摞在他面前。他无限怀念能够倒头便睡的日子，在那些黄金般珍贵的日子里，他一旦进入睡眠，连梦都会躲得极其遥远。就他的记忆而言，大约十年多的时间，他没做任何梦。他忘记了梦是一种什么东西，也不知道梦到底有没有色彩。旅行者记得，他的妻子倒是每天晚上都要做梦，而且做的是同一个梦。每晚子夜时分，旅行者都会被妻子从睡梦里传来的尖叫声惊醒。他摇醒妻子，对着她那张因恐惧而扭曲的脸，问她梦见了什么。可是，妻子什么都不说。直到如今，妻子的梦仍是一个谜。

长着虎皮斑纹的少年带着小藏獒来到旅行者身边时，旅行者摊成一个很不雅观的"大"字，躺在草丛里，装作正在睡觉的样子。一对正在交尾的蝗虫趴在旅行者的鼻尖上，抖动着跃跃欲飞的翅膀。它们爱得死去活来。土拨鼠带着自己的孩子，在离旅行者不远的地方，直着身子好奇地观望远道而来的异乡人。少年踢了踢旅行者的脚。旅行者一惊。他拿掉毡帽，眯缝着眼睛，打量逆光中的少年，好久都没认出来者是谁。小心蚰蜒钻进你的耳朵里。旅行者一骨碌爬起来，极其恐慌地用手指去掏两个耳朵眼。受到惊吓的蝗虫紧紧抱在一起，拍打着沉重的翅膀向着太阳飞去。蚰蜒会一直钻进你的脑髓里。旅行者听见少年一本正经地说话。好多小孩就是这样发的疯。直到这时，旅行者才认出了说话的人是那个长着虎皮斑纹的少年。他把羊皮袍子的两个袖子掖进红色腰带里，赤裸着上身。旅行者发现虎皮斑纹并不是仅仅长在少年的右臂上，他的整个上身全都布满了虎皮斑纹，这让他看起来像一头成长中的斑斓之虎。哈哈哈，我是吓唬你的。少年忍不住大笑起来。旅行者尴尬地放下掏耳朵的手指，也跟着少年哈哈大笑起来。好几天来，他第一次听到了自己的笑声。那笑声阴郁、沉闷，好像不是发自胸腔，而是来自坟墓。我可以陪你走一程。少年收敛起银器般哗啦啦响亮的笑声，歪着脑袋在说话。我的学校就在雪山那一边。旅行者心里冒出一个疑问：你是在学校里学会汉语的吗？少年又一次像是看透了旅行者的心思一样，等他背起背囊的时候为这个问题作出了回答。不，学校里只有一名藏语老师。他教了一辈子书，可他从没走出过校门。县上的领导来视察工作的时候，他还用古时候用来称呼贵族的敬语叫他们老爷呢。旅行者侧过头看了一眼少年，发现少年的身高大约跟他的肩膀相齐。少年正在长个儿。旅行者几乎能听到他身体里骨骼疯长，咯咯叽叽地，像啜饮阳光的庄稼一样。用不了几年，他就会高过旅行者，成为一个额角峥嵘、身材魁梧的男人。他将会是一个什么样的男人？旅行者猜测着，可他却猜不出来。他不会从一颗残破的苹果看到这少年的一生。他唯一能看到的，是这少年目视前方，迈着大步，两条胳膊像一对翅膀一样，剧烈摆动着。再这么走下去，他准会飞起来。而旅行者已经变得气喘吁吁。他觉得跟少年一起走路相当吃力，几乎像是一场越野竞赛。

到底是谁给少年教会了汉语？旅行者在艰难的行走中思忖着。我一生下来就会。少年没看旅行者的眼睛，就开始自言自语似的说起话来。他是那样活泼，简直把说话当成了唱歌。连我自己都觉得惊奇。后来，看到那位一辈子都没走出过校门的老师能和一百种鸟儿谈话，我才发现自己的本事根本就算不了什么。少年说话时的表情显得那么庄重，以至于旅行者对自己半信半疑的心理感到有些羞愧。他还想问他：你为什么说我一辈子都走不到印南寺？这一次，少年好像没看透旅行者的心思，因为他说，有一辆警车驶过独木桥，正在向这里开来。不，这不可能。旅行者遽然回首，向着自己来时的方向望去。一个小山包挡住了他的视线。他停下脚步，竖起耳朵静静地听了好一阵儿。草原上只有求偶的雄蝗虫用前后两对翅膀相互摩擦发出阵阵嚓嚓声。旅行者听不见有汽车引擎的隆隆声。他收紧的心放松下来。原来，少年是在撒谎。少年说话的时候总是亦真亦幻，让旅行者真假难辨。撒谎是一件可耻的事情。少年像是在自言自语，又像在为自己真诚的品德辩护。自从来到人世，我学会了许多手艺，但我还从来没学会撒谎这门艺术。我是透过前面那明亮的湖，看到了一辆警车正朝这边驶来。旅行者再次停下脚步，谛听着，想要通过风的波动，听到汽车的响声。可是，草原上连一丝风也没有。所有声音仿佛都瞬间凝固了。我敢打赌，那少年已经撒谎成性了。旅行者望着少年的背影，心里涌起一股难言的悲哀。撒谎是一件可耻的事情。少年不再言语，他几步奔到湖边，选择了一块刻着彩色六字真言的巨石躺倒了身体。那只黑色小藏獒兀自在岸边玩耍。正午的阳光直射少年胸脯上的虎皮斑纹。那虎皮斑纹几乎像被太阳点燃的火焰。唵，嘛，呢，叭，嚸，吽。少年念诵六字真言，缓缓睁开眼睛，直视光芒万丈的太阳。旅行者疲惫至极。他甩掉背囊，脚步踉跄地扑到湖边，像头牛一样大口大口地喝起水来，丝毫不去顾及水面上有一张脸的倒影被他弄得支离破碎。湖是有记忆的。它会记住每一张在它面前出现过的脸。旅行者对少年的提示毫不在意。他喝完水来到少年身边，发现波光粼粼的湖面上，果然有一张脸，若隐若现。那张脸似乎不是旅行者的脸。那张脸更像是旅行者的妻子几天前被阳光晒得黝黑的脸。也许是太累的缘故，才会出现幻觉。旅行者在心中安慰自己。太累了，还会出现幻听。旅行者沉沉地躺在少年身边，对耳边传来的汽车喇叭声置若罔闻。及至警车出现在山包上面，旅行者才发觉那是一辆真正的警车。

他们是来勘查杀人现场的。少年继续直视太阳，用他那先知般的口吻在说话。警车里有两名警察和一个杀人犯。几天前，那个杀人犯在湖边杀死了他的妻子。旅行者睁大惊恐的眼睛。他觉得全身的血液向着同一个方向奔流，但那个方向却无出口。他希望少年像他一样，始终保持沉默，对世界上的任何一件事情都不要妄加猜测。可是，少年仍然像只讨厌的乌鸦一样不停地聒噪着。我从你干燥的眼睛里能够看到一切。我甚至可以透过这坠落的太阳，看到人类的命运。毫无疑问，倒霉的旅行者今天遇见了一个疯子。你这疯子妄想充当先知，像尼采那样的先知，也许你还妄想成为太阳呢，可事实上，你却是个疯子，只知道整天胡言乱语。即使你给自己搞个丑陋的文身，就能蒙骗得了我吗？我是学理工出身的，我相信科学，但我不信巫术。我不相信一语成谶。我连宗教都不再相信。旅行者记得，几天前，妻子还对他说，要是到了印南寺，一个人再怎么罪大恶极，都会获得救赎，因为那里有神的存在。但现在他才发现，相信妻子的说法是一种多么幼稚和愚蠢的行为呀。

少年抬起身子，沿弧形的岸走向雪山豁口那儿。午后微微倾斜的太阳拖着少年的影子。影子越拖越长，仿佛一种藤类植物，在地上潜滋暗长。黑色小藏獒像猎杀野兔一样，追逐少年的双脚。少年转过身来，看了一眼旅行者，偏偏脑袋，那意思好像是说：走吧，到了雪山豁口那儿我们再分手不迟。旅行者可不想再与一个疯子同行。与疯子同行，无异于牵着魔鬼的手走向深渊。我还是认命吧，我还是遵从事物的因果律吧。旅行者跪在岩石上，仿佛一个向天祈祷的信徒，喃喃自语。少年耸耸肩，然后掉转身去，迈步向前。旅行者无法确定自己是否听见了少年发出的一声叹息，他只是清楚地看到少年剧烈地摆动双臂，似乎就要飞起来。

喂，年轻人，你可千万别跳湖自杀呀。一名人到中年的警察从车里出来，像一个电影里的人物那样，用揶揄的口吻背诵着台词。昨天我们花了一整天工夫才从湖里捞出一具尸体。旅行者莫名其妙地望着警察。他不明白警察为什么要用那种口吻说话。按照逻辑，他觉得自己刚才的举止完全符合一个精神行将崩溃者的本能反应。如果是一名经验丰富的警察，他应当理解这种疯狂的举止。可他为什么要用那种揶揄的口吻说话呢？难道是警察看到我这副不要命的样子也被吓疯了吗？可是，他看起来完全正常。另一名年轻警察更加正常。他慢吞吞打开警车后门，拽出一名藏族男子。那名男子像头狗熊一样，有着血红的眼睛、粗短的脖子、强壮的腰身和一个毛茸茸的大脑袋。如果不是一副手铐铐着，他准能将身边的警察撕碎。旅行者跪在岩石上，像看电影一样，看着戴手铐的男子一边做出手握刀子的样子比划着，一边讲述他杀死妻子的整个过程。戴手铐的男子语气平静，似乎是在转述一个别人的故事。可是，多少年来，我从来没爱过自己，我只爱她一个人。我敢发誓，这是实情。戴手铐的男子也像是在毫无感情地背诵一段台词。旅行者觉得自己置身于一个虚构的世界。在虚构与现实之间，树起一道隐形玻璃，将他隔离在外。直到那虚构的世界像电影回放一样——戴手铐的男子被警察拽着衣领塞进车内，两名警察先后关上车门，旅行者才如梦方醒。喂，年轻人，你可千万别跳湖自杀呀。人到中年的警察在启动汽车引擎的时候还不忘最后的台词。我们可不想再来打捞尸体。旅行者长吁一口气，如释重负地站起身来。他的膝盖已被岩石磨破，殷红的血从工装裤里渗透出来，但他没觉得疼。唯一的疼是他灵魂深处那不可触及的记忆。那只追踪他好几天的秃鹫依旧一动不动，悬挂在他头顶。草原上连一丝风也没有。愈益倾斜的阳光将旅行者的影子推进从深蓝向血红逐渐转变的湖水。雪山豁口那儿，旅行者遥遥望见，长着虎皮斑纹的少年变成了一个缓缓移动的黑点，随着旅行者的一眨眼，那黑点倏忽不见。我该追上他才行。他看着不像个疯子，恰恰相反，真正疯狂的是我自己。我，一个脑袋里塞满了钢筋水泥和跨江大桥的怪物，在这神秘的草原上，不仅疯狂，而且愚蠢，不仅愚蠢，而且愚蠢至极……旅行者喋喋不休地咒骂着自己，重新背起背囊，向西而行。在他的正前方，沉沉坠落的太阳仿佛悲伤草原的一滴眼泪。旅行者又一次伤感地想起自己的妻子。在这个世界上，他热爱自己的妻子胜过一切。

夕阳擦亮积雪的时候，旅行者连滚带爬地穿过了雪山豁口。面对着脚下林木葱郁的峡谷，眺望着峡谷中激浪翻腾的大河，他觉得疲倦像一群蚂蚁在啃啮他的骨头，他甚至觉得连灵魂都像被蚂蚁侵噬一空。他几乎就要哭了。他几乎快要死了。有那么一瞬间，他感觉自己的灵魂像只脱茧的蝴蝶，抛弃沉重的肉身，扶摇直上，企及了那只追踪他好几天的秃鹫宽阔如船的翅膀。在那翅膀之上，他终于看见了印南寺。那雄伟的寺院建筑在峡谷对面一座高高的山冈上，周围全是野玫瑰的篱笆。长燃不息的桑烟缭绕赭红色的墙壁和辉煌的金瓦大殿。一声声僧侣的经唱寥廓旷远。旅行者不由自主地想起几天前妻子那箴言般的呢喃——印南寺就是桃花源，印南寺就是乌托邦。由于觉得妻子多少年来总是所言不虚，旅行者对妻子的那份爱情在此刻又增添了一层崇敬。没有任何一个时刻，能像现在这样，让我无限爱你。旅行者喉咙发紧，眼里却毫无泪水。他想象着妻子此刻就陪伴在他身侧。这让他信心倍增。一种神奇的、来自大地的力量，透过他的脚心，布满他的全身。一整天来，他第一次像那长着虎皮斑纹的少年一样，迈开大步，甩动臂膀，朝着大河走去。他觉得自己快要飞了起来。茂密的针叶林和低矮的灌木一排排向他身后退去。归林的鸟群叽叽喳喳叫个不停，把整条峡谷变成了一个巨大的集镇。旅行者是多么的欢天喜地，因为跨过大河，就能抵达印南寺，而且，跨过大河，还能甩掉那只可恶的秃鹫。为了防止树梢刮伤它的翅膀，那只秃鹫停留在雪山之上，用它巨大的翅膀驮着满天霞光。可是，等旅行者兴冲冲来到乱石堆垒的岸边，他却傻了眼。宽阔河面上除了滔滔巨浪，一无所有，也就是说，既无牛皮船，也无溜索桥。那让他一度欢欣鼓舞的印南寺近在眼前，却又远在天边。泅渡和木筏摆渡都不可能，因为巨浪会将人掀翻在遍布河中的岩石上。幸运的是，我们年轻的旅行者是个颇负盛名的桥梁工程师。他决定摒弃疲劳，立刻动手，修建一座通向彼岸的桥。一座桥的意义，不仅仅是为了让他能够抵达目的地，而且还可以便利两岸的人们通行。夜幕初临时刻，旅行者扎起帐篷，燃起篝火，煮了一杯咖啡，吃了几片面包，静静等待月亮升起。他要借着月光，夜以继日地修桥。对于一个失去睡眠的人而言，这是排遣孤寂的最佳方式，也是遗忘过去的唯一方式。他不想在漫漫长夜里，由于思念妻子而痛苦不堪。思念到达极致，无异于饮鸩止渴。当旅行者从短暂的恍惚中醒来，雪花般的月光已经落满大地。他的工作开始了。旅行者从背囊里抽出一把长约两尺、宽约三寸的刀子。那是妻子在一个小镇上买来送他的生日礼物。许多游客都喜欢藏族匠人制作的精美的刀子。你从来没用过刀子，在古代，刀子可是男人最忠实的伴侣，有时候，它比一个女人还要珍贵。旅行者记得妻子在买刀时，说过一句格言式的话。当时，他觉得妻子的话有些夸大其辞。旅行者用大拇指试了试锋利的刀刃。这已是他第二次使用这把刀子。与上次不同，这一次他是用刀子来伐木，而不是按照刀子本来的用途去做别的什么事情。旅行者握着刀子，爬上山坡。黑黢黢的森林长在半山腰上。他挑了一株可以用作桥梁的松树，挥刀砍伐起来。整座森林传来叮咛叮咛的伐木声。半夜时分，那株松树像神话故事中的巨人一般，痛苦地呻吟一声，缓缓倒向大地。旅行者汗流狭背。他蹲在一块石头上，随意望了一眼峡谷对面的山坡。那里的山坡光秃秃的，只有岩洞形成黑乎乎的暗影。一只身形巨大的白色母猿躲在岩洞下面，为嗷嗷待哺的幼猿喂奶。长翅膀的猕猴从一块岩石到另一块岩石，做着自由的飞行。羚羊在岩石间的缝隙里呼呼大睡。突然，所有动物骚动起来，发出凄厉的尖叫声。那令人撕心裂肺的尖叫声在整条峡谷里久久回荡着。旅行者不知道发生了什么。他觉得自己像是在做梦，在做一个十多年来从来不曾做过的梦，因为出现在眼前的一切，完全超出他的经验。他甚至认为刚从对面山坡上驱赶着一头老虎走进印南寺的少年——他从羊皮袍子里袒露出长着虎皮斑纹的右臂——根本就是一个幻影，一个不存在的人。

夜晚如此短暂，几乎是在眨眼之间，天就亮了。旅行者再次凝望峡谷对面的山坡。山坡上岩石凌乱，寸草不生，连一只兔子的尾巴都难以看见。他拖着松树下山，恢复了这几天来养成的自言自语的习惯。那肯定是十多年来我做的第一个梦。接下来的一整天，旅行者都在搬运石头。他的双手和肩背磨出了一层层水泡。夜晚来临的时候，他就到山坡上伐木。与昨晚相同的情景在子夜时分重又显现。旅行者只以为那是一个相同的梦。他觉得自己像妻子一样，将要永无休止地做同一个梦，一直要到死亡来临的那一天为止。他不知道这是一种幸福，还是一种悲哀。

秋天很快就到了。河水的流量因为汛期的结束而有所减小。旅行者的桥梁工程因此而进展迅速，已经有三分之一的桥伸展到了河面。旅行者估计，随着冬天的到来，河水一旦结冰，完成剩下的工程将会指日可待。但是，事与愿违，在一夜之间，寒冬就裹覆了整个大地。结冰的河水冻住了建造一半的桥。而在大河的中心，仍然是激浪遄飞，刀剑般锋利的石头在水面上寒光闪耀。旅行者只好躲进帐篷，等待这个漫长冬天的过去。如果饥饿袭来，他便去森林狩猎。每当子夜时分去山坡上布置陷阱，他还是会看到长着虎皮斑纹的少年驱赶着一头老虎，走过峡谷对面的山坡。旅行者明知道自己早就丢失了睡眠，但还是被这一再重复的场景弄得苦不堪言。原来，一个人永无睡眠，照样可以梦境不断。但那个梦境并非旅行者所愿，他希望梦见的，是自己的妻子，她有着姣美的容颜和窈窕的身段。一想起妻子，旅行者就觉得思念像一群居住在身体里的蚂蚁，昼夜不停地嚼食他的筋骨血，啃啮他的心肝肺。他真的想大哭一场，可是，除了干嚎，眼睛里却毫无泪水。他的眼睛仿如荒漠。好不容易，旅行者听到了布谷鸟的叫声。春天的雨水让布谷鸟的叫声听起来湿润而又鲜嫩。冰河正在消融。旅行者走出帐篷，开始了未竟的事业。趁着汛期尚未到来，他必须赶在八月之前完成去年剩下的三分之二工程。由于一个冬天的狩猎活动，旅行者一扫自己来草原之前那副文弱的模样，变得非常健壮。他那孔武有力的双臂频频挥起，砍倒一棵棵大树。一人合抱的岩石也被他作为桥墩，一块块填入河中。一座彩虹般弯曲的桥正在跨越大河。旅行者的白日梦也开始越做越多。他迫不及待地想要扑入大河对岸的印南寺。啊，印南寺，我的桃花源，我的乌托邦！

　　不幸的事件终于发生了。一天夜里，旅行者听到震天动地的轰隆声。他急忙钻出帐篷，看到排天巨浪越过他的头顶，吞没那建造一半的小桥。旅行者知道，今年的汛期提前来临了。他必须等到夏天结束，才能重新开始修桥的工作。但明摆着的事实是，修不了多长时间，他就得躲进帐篷，等待漫长冬天的过去。也许，即使他耗尽一生，也完成不了造桥的工程。不过，我们年轻的旅行者决心要跟残酷的命运斗争下去，因为除此之外，他别无选择。就这样年复一年，旅行者在修桥的过程中慢慢老去。他衣衫褴褛，蓬头垢面，几乎像个从未接触过现代文明的原始人。那只追踪他多年的秃鹫只剩一支羽毛还飘在天空。旅行者发现自己的记忆力随着身体的衰弱而逐渐减退。有时候，他很想问问妻子，自己究竟活了多少岁。可他看见的只有一棵棵挺拔的松树，连条听话的狗都不会陪伴在他的身侧。他连第一次与妻子见面时自己手里是否握着一枝玫瑰都已想不起来。无情的岁月在他心中抹去了妻子的音容笑貌。他只是隐约记得，妻子身上总是飘着一种奇异的香味。于是，他利用修桥的间隙，走过漫山遍野，在每一朵鲜花上寻找妻子的香味。所有的花香都让他觉得陌生。终于有一天，不是时间，而是绝望，将我们可怜的旅行者击倒在只造了一半的小桥上。他睁开干燥的眼睛，想要最后看一眼那近在眼前却又不可企及的印南寺。雾霭沉沉，封锁着古老的寺院。他什么都看不见。唉，我这悲哀的一生！旅行者发出深深的叹息。他想收回目光，准备带着遗憾死亡。但这最后一瞥，竟让他看见一桩奇迹。一个红衣喇嘛踏着翻腾的浪花，像在平坦的地面上闲庭信步似的，向他走来。一头虎一般威武凶猛的黑色藏獒，留在大河对岸。旅行者以为自己又在做梦。慢慢地，慢慢地，红衣喇嘛走上小桥。噢，可怜的人，请允许我带你去印南寺。旅行者仿佛听见有人在他耳边低语。他用尽最后一丝力气，缓缓抬起头来。他的眼里满是泪水，因为他看见红衣喇嘛祖露在袈裟外面的右臂上长着虎皮斑纹；因为他终于明白，多少年来，他并不是在做同一个梦。

# 西行三十里，我们只谈死亡的事情

印南寺坐落在荒凉的山冈下面，既无金瓦大殿，也无僧侣宿舍。其实，所谓的印南寺，只是一间黄泥小屋，屋前有三棵树，一棵是菩提树，另一棵也是菩提树，还有一棵，仍然是菩提树。没有一个朝圣者愿意在那样破败的寺院里稍事驻足，礼佛念经，也没有一个僧侣愿意在那样破败的寺院里，穷其一生，像格桑喇嘛那样，每天坐在菩提树下，只吃七粒青稞。

可是，如果后来

美所寄托的那人

死去，他的形象

是奇迹，神圣在他身上

得以解说，如果，彼此永远是谜，

他们互不理解，

在记忆中共同生活的人，

夺取的不只是泥沙或青草，

连庙宇也会蒙受侵袭……[1]

——荷尔德林（Friedrich Hölderlin）《帕特默
斯——献给洪堡侯爵》

---

1　荷尔德林：《荷尔德林文集》，戴晖译，商务印书馆，2003，第 532—533 页，稍有改动，特此说明。

羚羊飞渡的河面上漂浮一具马的尸体。马的尸体如此庞大，竟让女画家误以为那是一艘追溯着内陆河从大海航来的轮船。摒除了地理学知识的匮乏，但又按照历史的常识，她作出如下判断：轮船上搭载着前来西藏探险或者侦察地形的外国牧师和间谍，顺手牵羊一般，他们还在轮船上装满从河里淘出的砂金，因为所有流过西藏的江河都是由黄金做成的梦。快醒来看一眼吧，先生，如果不是我正做梦的话，那躺在河面上的庞然大物肯定是一艘轮船。女画家本来不想打扰正在数着念珠念诵佛经的巴巴益西老人，但她还是忍不住提醒了这么一句。坐在副驾驶座位上的巴巴益西老人稍微抬起灰色毡帽的帽檐，眼睛半闭，像一头长梦初觉的野牦牛一般，慵懒地望了一眼，用一种梦呓般的语气开口说话。那是一匹死马，年轻人，它像我一样，必因年迈而死，由于秃鹫还未嗅到肉体腐烂的臭味，所以我能证明，马的灵魂还依附在它躯体里某个隐蔽的器官上，等待转生。如果是印南寺的格桑喇嘛，他一眼就能看出，那匹马下一世将会转生成什么。他能透过一颗残破的苹果看到一条狗的一生，他还能透过一条狗的眼睛看到一个人的一生。

第十五世格桑喇嘛是巴巴益西老人的叔叔。他们已经有近一个世纪没见面了。听说这么多年来，他每天只吃七粒青稞，为的是保持一颗纯净的心灵不受物质的玷污。女画家第一次听说格桑喇嘛神奇的事迹，还是在那个最靠近边境的县城。一个脏污不堪的藏族女乞丐接过她施舍的一块钱时，用流利的汉语对他说，西行三十里，就是印南寺，格桑喇嘛住在那里，他每天只吃七粒青稞。

就在那时，女画家感到一阵晕眩，呼吸也变得极度困难。她视线浑浊，看到女乞丐渐行渐远的背影像是在进入另一个世界。在这海拔四千五百多米的毛卜拉大草原上，女画家第一次出现了高原反应。当时，好像是上午八点钟，又像是下午八点钟。女画家浑浑噩噩地站在蛋黄一样的阳光里，看到手表的指针停止了走动。她那缺氧的大脑失去了时间的概念。蛋黄一样的阳光，既像朝阳，又像夕日，涂抹在县城里那些泥土房的墙壁上。县城之外，雪山下的毛卜拉大草原变成了黄金的牧场。整个世界呈现一种古典油画般壮丽的色彩。巴巴益西老人仿佛一个从油画中走出来的人。他穿着镶有兽皮的黑袍子，捏着一串兽骨做成的念珠。他那赭红色的脸庞好像涂着釉彩，一道醒目的刀疤在他的左脸颊上闪闪发光，像早晨的露水一样。

别在这小小的县城里发呆了，姑娘，我愿意带你去印南寺，格桑喇嘛会为你指点迷津。这是巴巴益西老人在县城长途汽车站搭车时对女画家说的第一句话。女画家吃力地扶着车门，闭上眼睛，深深呼吸，慢慢地恢复了一点气力。她听见巴巴益西老人接着又说了一句话。我把影子丢了，姑娘，这使我成了个一无所有的人。女画家还没从浑沌的意识里完全清醒过来。她直愣愣盯着巴巴益西老人从尘土飞扬的停车场走过来。姑娘，从你那双热情洋溢而又喜欢探究事物本质的眼睛里，我看得出来，你需要一个像我这样的老人与你同行。她觉得这个声音洪亮的老人比一阵风还要轻。我不是一个乏味的人，请相信我，我会让你在三十里的路程中明白一个道理。

一个什么样的道理？女画家强忍高原缺氧造成的头痛，饶有兴致地向老人发问。关于死亡的道理，姑娘，这个道理将教会你向死而生的艺术。巴巴益西老人说着话，钻进了吉普车。从那时起，女画家就觉得高原反应像一条盘踞大脑的蛇，开始变本加厉地折磨她的神经，摧残她的意志。她头脑昏沉，神志恍惚，仿佛陷入一种黏稠的梦境。这使她一路上总是觉得，巴巴益西老人说话的声音像是从另一个世界传来似的，既像神灵启示，又如鬼魂私语。为了防止吉普车撞向路边岩石，女画家聚精会神，紧盯前方，但她发现杂草和砾石像蚂蚁的口器，将那条向西而行的道路逐渐吞噬。看着道路消失，她不由自主地想到了大自然的残忍以及人在荒原的无助。当女画家遥遥望见河流上那像轮船一样的庞然大物时，巴巴益西老人却在缅怀旧日时光的睡梦里醒来，漫不经心地咕哝。那不是轮船，姑娘，那是一具马的尸体。

　　吉普车停在毛卜拉草原的边缘地带。女画家手扶方向盘，望见河面上躺着的果然是一具马的尸体。那是一匹牡马。它那红色皮毛仿若火焰，烧灼着像藻类植物一般在河水中起伏不定的长长鬣鬃和尾鬃。自从羚羊飞渡了大河以后，沿河一带再就荒无人烟，除了几只钻出洞穴的旱獭和偶然掠过天空的鸽群，再就让人四顾茫然。这鬼地方就像史前时代，先生，弄不好连地心引力都不存在。巴巴益西老人似乎没听见女画家说话。他从车上下来，提着自己的身体就像提着一只装满时间的木桶，跌跌撞撞地，沿河而行。女画家觉得河边砾石上那闪闪发光的东西，就是巴巴益西老人不小心从身体里泼洒出来的时间的水滴。在这次旅行刚刚启程之际，巴巴益西老人就对女画家说起有关时间与死亡的事情。姑娘，我从未感觉到时光流逝，让记忆转化为火焰，相反，常年堆积的时光像水一样在我的身体里荡漾。这可不是一件好事，因为它总是让我活得既伤感又疲惫。有人说，死亡能让时光重新流淌，但我很快就否定了这种认识。

女画家摇了摇缺氧的脑袋，又一次觉得巴巴益西老人的话音仿佛正从另一个世界传来。这古怪的老人简直像一片虚幻的玻璃，他在大地上行走，却不会留下自己的影子。女画家这样想着，发动引擎，开着吉普车，赶上了踽踽独行的巴巴益西老人。她从后视镜里看到那具马的尸体，像一艘轮船一样，顺河飘去，缓缓离开视野。沿着这条河，向着大峡谷，西行三十里，就是印南寺。巴巴益西老人对女画家说。我熟悉这里的一切。我甚至能通过嗅觉，发现这里所有的路径。我敢打赌，姑娘，如果说大地也有心跳的话，我准会轻而易举地在这片土地上找到大地的心跳。没人比我更加熟悉这片土地，因为比我更加熟悉这片土地的人，早在一个世纪前就已经死了。

巴巴益西老人像个爱讲故事的老祖父，喋喋不休地回忆往昔岁月和初恋情人。女画家渴望听到一些新奇而刺激的故事。也许您应该讲讲发生在毛卜拉的那场战争，先生。女画家说。我在一本历史书上读到过那场战争。与女画家的期待相反，巴巴益西老人对那次叛乱缄口不言。吉普车在碎石遍布的缓坡上爬行。女画家感到车厢里弥漫着一股窒闷的空气。她有些烦躁地望了一眼那条动荡的河流，突然发现一道自天而降的闪电，像一条皮鞭，抽打波光粼粼的水面，似乎驱赶着河水中一群神秘的动物，促其溯源而行。也许我们应该谈谈这条河流。为了打破沉闷，女画家开了口。巴巴益西老人依旧保持沉默。走了很久，他才开始说话。姑娘，我们不是说过，这一路上，我们只谈死亡的事情吗？也许还应该谈谈您的那位叔叔，先生，他真的就像您说的那样，每天只吃七粒青稞？巴巴益西老人有些嫌恶地皱起眉头，似乎对因无信仰而对万事万物总是持有怀疑态度的人有一种极度的反感。他掉过头去，望着河流发呆。那明亮的河流里涌动着会唱歌的黄金。接下来的一段时间，两个人的旅程显得既荒芜又寂寞。

当女画家看到一个藏族少年正在河中驱赶五颜六色、奇形怪状的大鱼向着山冈前进时，她又一次觉得自己的眼前幻影重叠，而巴巴益西老人说话的声音像是从另一个世界隐约传来。年轻人，时光从未在我身体里流逝。巴巴益西老人说。所以我能清楚地看到那些死去的人还停留在山冈上，保持着死亡前的模样。他们那么年轻，嘴唇上刚刚蓄起的小胡子神气地向着两边高高翘起。那两撇小胡子增加了游击队员高傲的神情。啊，他们是一群多么高傲的人！敌人向游击队送来最后通牒，他们却拒绝投降。游击队员回复说：自由不在投降中诞生，因为自由从来都由鲜血染成。五十年以后，时过境迁，姑娘，如今看来，那些游击队员的死竟然毫无意义，因为在高尚与卑鄙之间，只有政治游戏，而无人性的准则。巴巴益西老人的眼圈红了。他喉咙发紧，说不出话来。女画家没发现巴巴益西老人的情绪如此低落，因为她的注意力全被河中赶鱼的少年吸引。那少年像个牧羊人一般，挥舞手中的皮鞭，抽打着砂金浮动的辉煌水面。鱼群簇拥，奋力向上游动。它们不得不飞越岩石与瀑布，以便翻越一座座山冈。巴巴益西老人像是见惯了人间的奇迹，对河流中发生的一切无动于衷。我们就是一群被人驱赶上山的鱼，姑娘。巴巴益西老人继续说。山冈上找不到一滴水。我在像你这样年轻的时候，可不想渴死在山冈上。我答应过一个名叫环措吉的姑娘，她会成为我的新娘。战友们全都牺牲了。我选择投降并被判终生监禁。终生的监禁啊，年轻人，你应该明白那意味着什么。那可是一种比死亡还要糟糕的生活方式。在一个个漫长的夜晚，我所能想到的唯一一件事情，就是死亡。等待死亡的岁月就像在一条黑暗的河流中艰难泅渡。到了后来，绝望会让人产生一种病态的激情。那病态的激情刺激着我爱上了死亡。有什么比爱上死亡更加让人感到快乐？

　　海拔逐渐升高。女画家头疼欲裂。她觉得自己不是开车行走在一条河流的岸边，而是步履蹒跚，踟蹰在一场无法自拔的梦境里。死神在我沼泽般的梦境里出没，先生，我从未像现在这样，感觉到死亡离自己如此之近。女画家对巴巴益西老人说。我甚至能听见死神的呼吸，先生，种种迹象表明，我这三十年来在漫漫长夜中苦熬的日子行将结束。但是，女画家听不见巴巴益西老人在说些什么。她的听觉陷入一种瘫痪状态。唯有那在少年的皮鞭下蜂拥奔向山冈的鱼群清晰可见。鱼群跃出水面，在动荡不安的空气里，幻化成裸体的女妖。她们彩色的皮肤像珐琅一样美轮美奂，几乎成了一种美的负担。我看到了超世间的存在，先生。女画家说。如果人死以后能够移居在这水妖的世界里，那我想在人世间活着也许就不会是一件多么痛苦和绝望的事情。自从我在十四岁那年第一次思考有关死亡的问题，一种巨大的虚无感就紧紧攫住了我的心灵。每个人都在等待死亡，先生，所以活着其实是一件艰难的事情，就像是在苦熬漫漫长夜，而黎明总是迟迟不来。

这是一个唯物主义者的悲哀，年轻人，你得相信灵魂转世。巴巴益西老人延续着他先前讲故事时那种悠长而缓慢的语调，像在自言自语。女画家打开水壶，喝了一口水，觉得自己从虚幻的梦境坠落到现实的土地。裸体的彩色女妖转瞬即逝。她重又看到赶鱼上山的少年挥汗如雨。永恒的虚无感依旧紧紧攫着女画家那颗愀怆的心灵。

道路变得崎岖不平。河流两边的山坡上，出现茂密的针叶林。森林里传来鸟群的喧啄声。女画家跳下车，环顾四周，发现这地方似曾相识。她像个故地重游的人那样，轻车熟路地找到一间搭在松树下的小木屋。经过长年累月的风吹日晒，被青苔覆盖的小木屋几近倾圮，如果不是一个心细如丝的人，谁也不可能在层层堆积的枯枝败叶里发现它的存在。也许你不知道，年轻人，许多年前，有个桥梁工程师来到这里，日复一日地伐木造桥。巴巴益西老人也从车上下来，站在女画家身后开始讲述另一个人的死亡故事。桥梁工程师像个苦行僧一样，用没完没了的体力劳动折磨自己。姑娘，他独自一人要完成一座桥的建造可不是一件轻而易举的事情。可是，每当他好不容易造好一座桥，他就不慌不忙地拆掉，接着重造。那可怜的人就这样耗尽一生的光阴，最后死在了修成一半的桥上。临死前，一群朝圣者听见他说，他看见一个长着虎皮斑纹的喇嘛，正在河面上走来，准备将他接渡到对岸的印南寺去。朝圣者们发现河面上空空如也。他们都说，一辈子都没造好一座桥的那个异乡人原来并不是什么先知，而是一个疯子。

女画家梦见过那个疯子。在梦里，那个疯子曾是他的丈夫。在一次共同的旅行中，他失踪了。她还梦见洪水暴发，冲走了疯子建造一半的木桥和他的尸体。疯子的尸体在水面上漂流，漂着漂着，最后变成一匹奔腾之马。女画家在梦中发问：为什么他不就着河流变成一条鱼？为什么那奔腾之马的皮毛红如火焰？它数次跃出水面，想要奋力跳上乱石堆垒的河岸，但又数次被激浪打翻。直到距离印南寺三十里之遥的毛卜拉草原，当冲出峡谷的洪水变成一片平坦如镜的沼泽时，那匹马才停止奔腾，像一艘锈迹斑驳的轮船，静静地停留在迷途的水面。我一直在做一个同样的梦，先生，我梦见自己就在这里，日复一日地造桥，为的是能够到达印南寺。女画家沉浸在梦境的回忆里。她为梦中的自己伤感不已。假如不是赶鱼少年在远处呼喊，女画家也许永远都不会从这种伤感的情绪里解脱出来。她丢下吉普车和数着念珠口诵佛经的巴巴益西老人，穿过森林，看到一座崭新的石拱桥跨越了湍急的河流。赶鱼少年手忙脚乱。他嗷嗷叫唤并一次次钻出水面。鱼群在他面前仓皇跃起，疾疾穿越桥洞，向着更高处的山冈游去。山冈之上，矗立着一座金碧辉煌的建筑。那就是印南寺。一个过路人顺口说了这么一句。环寺而建的僧侣宿舍，一如蜂巢，密密麻麻，覆盖了杜鹃开花的山坡。朝圣者的身影宛如蜂群，在花丛中穿行。女画家惊叹于印南寺那摄人心魄的雄伟。她久久伫立，双手合十，遥望，叹嘘，忽略了石拱桥上的人群熙攘，也全然忘记了重新回忆梦中的疯子是否就在那座石拱桥所在的地方，曾经日复一日地建造小木桥。当赶鱼少年呕吼吼呹喝着没入巉岩与树木，当女画家收回目光，在桥头漫步，她惊讶于这些忙于乡村集市的藏人对讨价还价的关注甚于一切。他们既不去注目她这个汉族女子的举止，也不去谈论有关那个赶鱼少年的事情。他们在袖筒里捏着手指估算一头牲畜的价格，他们用大拇指测试一把刀子的锋刃，他们甚至举起麝香、虎骨与兽皮，肆无忌惮地招徕顾客，完全不觉得杀生是一件极其罪恶的事情。

女画家觉得头又开始剧烈疼痛起来。我所看到的人们好像并不属于我们身处的世界，先生，他们是居住在另一个世界里的人。女画家说着话，扭转身子，期望得到巴巴益西老人的响应，但她发现自己被茂密的灌木林包围，看不到巴巴益西老人的身影。她只好拨开荆棘，钻出灌木林，在一排排松树中间循着一条曲径通幽的小路，向着自己所从而来的地方走去。森林里很黑。女画家以为那是由于峡谷和茂密的树冠遮住了阳光所致。她摸着一棵棵松树在黑森林里行走。她发现到处都是浓重的黑暗。原来，天已经黑了。女画家心想。也许是乌云笼罩了天空，否则，大地上就不会找不到一丝星月的光芒。女画家像个盲人一样摸索，摸到了桥梁工程师曾经住过的小木屋。那小木屋业已腐朽，禁不住她轻轻一摸，竟然化作一堆灰尘，像时间一样无声地消失。我从未想到西藏的夜晚会如此黑暗，先生，对于这种情况，您应该提前告诉我一声，好让我把手电筒随时带在身边，以防不测。女画家像只迷途羔羊，侧着耳朵，期望听到巴巴益西老人的解释。她等了很久，但她等来的却是一片寂静。女画家摸到了吉普车的金属外壳。她打开车门，扭了一下车灯开关，可是，依然没有光亮驱散这浓重的黑暗。也许是车灯坏了，先生，不过您别担心，我们很快就会生起一堆篝火。女画家一边说着话，一边在后座上的一个背包里寻找打火机和手电筒。整个世界仿佛回到了洪荒时代，寂静得有些可怕。女画家接着说。您得醒醒了，先生，我们还没享用晚餐呢。女画家伸出手去，想要摇醒正在副驾驶座位上睡觉的巴巴益西老人。她的手落了个空。她赶紧打开手电筒，但她依旧没看到亮光。难道手电筒里的电池也耗尽了？女画家只好把希望寄托在打火机上。不幸的是，虽然她的食指被火焰烧得很疼，但她依旧看不到一丝光明。夜像宇宙黑洞，把所有的光都给吸走了。这是女画家给自己作出的第一个解释。而巴巴益西老人也许等不及她的到来，赶在天黑之前通过森林中的另一条小路独自去了印南寺。还有什么比与相隔近一个世纪的亲人见面更为紧迫的事情呢？这是女画家给自己作出的第二个解释。她躺在汽车座位上，忍受着高原缺氧导致的头痛，苦苦等待天明。森林里传来一阵紧似一阵的鸟鸣声。女画家以为这是鸟群在呼唤黎明。夏天的夜晚如此短暂，几乎难以让人进入睡眠。她试着睁开眼睛，但她看到的仍是城墙一样将她围困其中的黑暗。她听见有人从森林里走出来。几条狗不停地吠叫着。风把一股火药味送进女画家的鼻子。她猜测：那些走出森林的是一群猎人。他们热烈地交谈着，似乎在谈论一头豹子的死。

可怜的姑娘，你的眼睛是不是被秃鹫叼走了？女画家听见有人用生硬的汉语向她发问。每当清晨来临，秃鹫趁人尚未从睡梦中醒来，就会偷偷叼走人的眼睛，以前在毛卜拉，有个叫环措吉的女人，她那一双蜜蜡一样的黄眼睛就是被秃鹫叼走的。另外一个人看见女画家沉默不语，就对前一个人的疑问作了一番说明。怎么可能呢？女画家惊讶不已地摸了摸自己的眼睛，发现眼睛完好无损。也许是假性失明，但这种事情以前从来不曾发生。女画家向那几位猎人说。唯一的解释是，我身患绝症已经到了晚期。这也就是我到西藏旅行的原因。我不想屈辱地死在医院里。我想死在路上。昨晚的夜那么黑，你是怎么走到这里的呢？女画家听见一个猎人问道。我和一位藏族老人一起，开车走了三十里。一路上，我们只谈死亡的事情。就在刚才，我突然发现天黑了，接着，我就什么也看不见。我以为等到天明就可以重新看见一切。女画家听见几个猎人听她这么一说，全都笑了起来。看来你病得实在不轻啊，可怜的姑娘。一个猎人说。现在天已大亮，到处都是鸟儿离巢的啁啾声。我们一整夜都在森林里打猎。一头豹子被我们打死了。你摸摸它的身子，这会儿还留着它滚烫的体温呢。女画家伸出手去，摸到了豹皮。她的手突然缩了回去，情不自禁地喊了一声：好冰啊。这可怜的人把世界给弄反了。女画家听见一个猎人说。可怜的姑娘，你耐心等待吧，等到太阳爬上山冈，对岸印南寺的格桑喇嘛就会划船过来，为我们这些罪孽深重的猎人念经。兴许他能把你颠倒的世界给矫正过来。不是有一座水泥桥吗？女画家问道。他干吗要划船过来呢？在我失明以前，我看见桥头上的乡村集市非常热闹。女画家听见猎人们又一次大笑起来。那是好几年前的事情了，年轻人。一个金矿老板捐钱建造了石拱桥，为的是能到印南寺去接受格桑喇嘛的摩顶加持。他还建造了一座金瓦大殿。如果格桑喇嘛能为他灌顶，并授他瑜伽秘法让他死后进入天堂的话，他还答应重修印南寺。但是，格桑喇嘛却说，如果富人不入地狱，野牦牛就能穿过针眼。在金矿老板面前，格桑喇嘛烧毁了金瓦大殿。过了一年，一场洪水冲垮了石拱桥。一度兴起的乡村集市也就不复存在了。女画家听猎人如此一说，她只好把自己看到乡村集市的场面当作是梦中所见。

西行三十里，原来我一直都在黑夜里做梦。女画家不无悲哀地自言自语。病入膏肓使我神志不清。我竟然连白天与黑夜都分不清楚。

女画家听见猎人们燃起了篝火。他们围坐在篝火边，谈论着那头豹子的死亡。女画家感到一阵毛骨悚然，因为她觉得这些猎人就像黑森林里到处游荡的鬼魂。她在心中一遍遍祈祷，渴望着巴巴益西老人从印南寺返回，带她离开这可怕的黑森林。当鹿肉被烤出诱人的香味时，女画家听见河面上传来一阵哗哗的划桨声。猎人们纷纷起身。女画家跟随猎人们杂沓的脚步，跌跌撞撞地向着河边走去。没走几步，她就被树根绊倒在地。一颗石头顶得她胸口生疼。女画家听见一个雄浑的男中音在询问着什么。那声音虚无缥缈，仿佛来自另外的世界。也许我又开始做梦了。女画家在心里对自己说。

她是个把黑夜当成白天的人，格桑喇嘛，她还是个把梦境当作现实的人。女画家隐约听见一个猎人向那位被唤作格桑喇嘛的人介绍自己。

她听见杂沓的脚步越来越近。她感到一个人俯下身来。我是跟巴巴益西老人一起来的，尊贵的格桑喇嘛。他说您是他的叔叔。我以为他会随您一起，将我接渡到印南寺。女画家说完话便扬起脸来，急切地想要知道巴巴益西老人的下落。可是十年前，巴巴益西老人获得尼泊尔国王的大赦以后就被流放到了欧洲。在这个世界上，他没有亲人和朋友，也没有国籍和故乡。最后，他决定从欧洲徒步走到西藏。几个月前，有人告诉我说，他死在了半路上。女画家听完格桑喇嘛的讲述，像个大梦初醒的人那样，轻轻地喟叹了一声。噢，尊贵的格桑喇嘛！如此说来，我用了整整一夜，西行三十里，陪伴我的原来是一个并不存在的人。所谓的巴巴益西老人，要么就是个被我梦见的人，要么就是个鬼魂。但他至少证明了一个道理，姑娘，所谓的另一个世界，并非不存在。格桑喇嘛说着，扶起女画家，一直把她扶到河边。现在，朝阳初临，请你睁开眼睛，姑娘。格桑喇嘛说。巴巴益西老人告诉你的道理，至少可以让你能够最后看一眼河流对岸的印南寺。

印南寺坐落在荒凉的山冈下面，既无金瓦大殿，也无僧侣宿舍。其实，所谓的印南寺，只是一间黄泥小屋，屋前有三棵树，一棵是菩提树，另　棵也是菩提树，还有一棵，仍然是菩提树。没有一个朝圣者愿意在那样破败的寺院里稍事驻足，礼佛念经，也没有一个僧侣愿意在那样破败的寺院里，穷其一生，像格桑喇嘛那样，每天坐在菩提树下，只吃七粒青稞。

# 八月马连手

　　我就是替城里的女人生了好几年孩子的阿佳唯色。那些通过机器从母牛肚子里诞生的男人和女人，根本就没有生育能力。因为能够生育的人越来越少，所以这个满是小偷、骗子和强盗的国家正在面临毁灭。

卖卖卖卖卖马唻。

卖的什么马？

核桃关子枣红马。

评一评。

二连手。

杀破你们的马连手。

——中国西部童谣

　　八月比遍地的黄金还要珍贵。你们毛卜拉人告别狂飙、大雪、霜冻和冰雹，整日沐浴在灿烂千阳和煦暖东风里，以致腐朽堕落的人之本性就如鸩酒，慢慢渗入你们的骨髓，从而让每个人散发出草叶和鲜花般甜腻的气息。那些在漫长冬天里因为一场暴风雪的突袭而死亡的牲畜,尸体已被大地分解。在牲畜死亡的地方,狼毒和马兰葳蕤到令人备感耻辱的地步。养着一只花栗鼠的阿佳唯色带领你们,成天在长满狼毒和马兰的草地上玩一种叫作"马连手"的游戏。饥饿的豹子隐身在狼毒和马兰的花丛里,日夜窥视。你们知道死神近在咫尺,但你们和大人们一样,从不介意,因为这是赛马称王的八月,狂歌劲舞的八月,偷情野合的八月,豪饮滥赌的八月。你们毛卜拉人如此疯狂地热爱八月,以至于与八月有关的一切,包括欺骗、乱伦、谋杀、渎神等都会获得宽宥。即使卖彩票的、耍魔术的、做生意的那些汉人、蒙古人、尼泊尔人和回族人用他们的锅碗瓢盆和床单被套骗走你们的猪鬃、羊毛和金银首饰,你们也毫不在意。你们在八月只图享乐。你们毛卜拉的大人们模仿遥远传说中最富有的国王郎达玛,肆意挥霍黄金,似乎那黄金可以像大便一样随意制造出来。你们这些在马背上长大的毛卜拉人看着虽傻,但你们不缺心眼。那些被祖母阿依玛下了咒的黄金一旦被汉人、蒙古人、尼泊尔人和回族人带到他们的家园然后埋进土地,它们会追随祖母阿依玛的召唤,原路返回。黄金是你们毛卜拉人不会生崽的绵羊。你们像对待一个有生命的动物一样,悉心照顾黄金。每年冬天,当黄金感到口渴的时候,你们会用自己身上的血喂养黄金。到了秋天,你们毛卜拉人会为这些重返故里的黄金举行一场盛大的篝火晚会,以表达你们的崇敬之情。在这山河阻隔的毛卜拉,在这被神灵之手轻轻掀起的世界一角,正是这些闪闪发光的黄金吸引着汉人、蒙古人、尼泊尔人和回族人一批批纷涌而至。他们带来各种各样的新闻和最新的科技产品,让你们毛卜拉人为人类的进步大吃一惊。这也就是你们毛卜拉人虽然身处地球最偏远最闭塞的一隅，仍对全球范围内发生的事情了如指掌的原因。你们还从一个研究土著文化的学者嘴里获知，每年冬天能将毛卜拉草原上的牲畜和枯枝败叶以及一两间不结实的石头房子刮上天空的风暴，原来是由南美丛林中一只蝴蝶扇动翅膀而引起。因此，你们经常担心自己无意打出的一个喷嚏或者放的一个响屁会把这个塞满了小偷、骗子和强盗的国家吹进南美丛林某个鳄鱼遍布的沼泽。

每年八月，来自四面八方的汉人、蒙古人、尼泊尔人和回族人，或者开车，或者徒步，汇聚在毛卜拉大草原，向你们展示花样翻新的玩具——会飞的鸡毛掸、唱歌的玻璃球、跳舞的电子琴、翻筋斗的小汽车、能把稻草人吓一跳的飞机模型……这些像被施了魔法的玩具吸引你们的注意力。你们不再玩"马连手"的游戏，而是成天围着这些玩具，缠着大人一定要把所有玩具买下来。一些装扮成货郎客的人贩子对你们说，毛卜拉以外的世界就是一个巨大的牛皮褡裢，里面装满数不胜数的玩具。只要你有胆量跳进这个巨大的褡裢，你就拥有一切。受到这个谎言的蛊惑，肩膀上顶着一只花栗鼠的阿佳唯色第一个离开了毛卜拉。其后不久，又有几个孩子也偷偷离家出走。他们有的是独自出走去寻找玩具，有的则是躲在人贩子的旅行箱里离开毛卜拉。你们这些仍然守着毛卜拉天天玩"马连手"的孩子，对那些走失的伙伴既担心又羡慕。由于怯懦或是别的什么原因，你们羞于将这种情感表达出来。在这种情况下，你们玩起"马连手"的游戏，一个个显得无精打采。你们的情绪逐渐传染到大人。他们有人已在偷偷准备行李，打算在一个无人注意的清晨出门远行。在那人心思变的日子里，你们毛卜拉老得已经算不出年龄的祖母阿依玛却对世界的日新月异有着自己独特的见解。不管世界如何变化，黄金是这个世界唯一不变的尺度。祖母阿依玛说。这也就是汉人、蒙古人、尼泊尔人和回族人不顾路途艰辛一年又一年来到我们毛卜拉的原因。孩子们啊，别丢了自己手里的宝贝，去捡别人丢弃的垃圾。祖母阿依玛的话如同醍醐灌顶，让你们茅塞顿开。你们毛卜拉人冷眼观瞻汉人、蒙古人、尼泊尔人和回族人在草原上一年一度的商品展示，有时候纯粹是出于游戏心理，才用一点黄金换几个玩具。汉人、蒙古人、尼泊尔人和回族人使尽种种手段——比如歌星演唱会啦，有奖彩票啦，买一件玩具就可以摸一下摩登女郎的乳房或者屁股啦，等等等等——企图迷乱你们的心思，让你们要么倾囊购买他们推销的各种玩具，要么就离家出走。但你们不为所动。你们热爱毛卜拉胜过热爱自己。那些离开毛卜拉的孩子再也不会让你们羡慕不已，而是备受你们的鄙视。随着年轮推移，你们守着毛卜拉的人渐渐忘了那些离家出走以后再也没回来的孩子，仿佛他们从来就不曾在你们毛卜拉诞生过一样。可是，好景不长，一台神奇的机器在你们毛卜拉平静的八月掀起轩然大波。

那是今年八月一个没有一丝风的早晨。整个毛卜拉被一种巨卵般的寂静笼罩着。一名驾着四轮马车的旅行推销员像是从这寂静的巨卵中被太阳孵出的史前动物一般，带着一脸诡谲的表情出现在村外的草原上。他那巨雷般的叫嚷把你们从睡梦中惊醒。那时候，你们有的孩子正梦见自己骑着鸡毛掸飞行，有的孩子梦见死去多年的祖父母那尚未转世的灵魂在山冈上哭泣，还有的孩子梦见世界末日来临时,太阳像熟透的苹果一样在阴暗天空中腐烂。城市的钢筋水泥快要把整个世界覆盖了。你们掀开窗户,听见那名旅行推销员声嘶力竭地叫喊。你们毛卜拉将来也不会幸免。过不了多久,你们将不得不面对草原和村庄消失的悲剧。最先听到这句话的,是你们毛卜拉兽医站的站长。他趴在自家长满牵牛花的窗口上,用无限悲凉的语气向旅行推销员发问。如果真像你说的那样,那我以后就再也不能在马兰花下用听诊器聆听大地的心跳了?旅行推销员用冷漠的眼神看着兽医站站长。当然,大地的心跳会因钢筋水泥的覆盖而消失得无踪无影。听到这种解释,你们可怜的兽医站站长竟然像个孩子似的哭了起来。你们对他深表同情。自从他那天天在铁轨上喝酒的儿子在一个黎明无缘无故地消失以后,聆听大地的心跳就成了他疗治失子之痛的唯一良药。当然,对于你们这些从小就在长满狼毒和马兰的草地上玩"马连手"游戏的孩子来说,一想到草原消失的悲惨前景,你们无不感到黯然伤神。如果真像你说的那样,那未来的世界上唯一一个没有钢筋水泥的地方,估计就是你母亲的子宫了。祖母阿依玛伸出双手,扶着轻飘飘的空气来到草原上诘问旅行推销员。NO, NO, NO。旅行推销员说。连女人的子宫里将来也要安装一台机器,因为那台机器可以帮助女人把孩子怀在一头母牛的肚子里。说着,他打开帆布旅行袋,取出一台精美绝伦的机器。这台机器能让一头母牛分担女人一生中最大的痛苦——怀孕和分娩。为了使自己的推销宣传具有说服力,旅行推销员掀开马车的帆布车篷,给你们展示一头躺在麦秸中反刍草料的花母牛。看到了吗?旅行推销员指着那头花母牛说。这是一头正在怀孕的母牛,但它肚子里怀的可不是一头牛犊，而是一个人类的孩子。你们毛卜拉人被这种无稽的事情惹得哈哈大笑。对于无知的人来说，科学永远是马戏团里的小丑。旅行推销员板着面孔说。今天，我要用真理和事实，让你们第一次相信，科学是世界上最美的王冠。说着，他把一个四四方方的机器摆在你们面前。通过这台四维 B 超机，你们将会看到科学永远在闪光。

你们挤在那台四四方方的机器前面，看到母牛的子宫里，一个婴儿沿着子宫壁一边漫步，一边冲着你们傻笑。人类的智慧已经远远超越神灵。旅行推销员说。这台产自美国能让母牛替女人怀孕的机器，就是一个最好的证明。虽然，你们那些一生都在喜马拉雅山密修的瑜伽行者能使河流倒淌，也能用目光定住太阳，但那些神通能解除一个女人怀孕和分娩的痛苦吗？不能。所以，他们的修行就等于一场马戏团的魔术表演。科学是我们人类唯一的福音和最终的归宿，而宗教不是。宗教是鸦片，有时候甚至连鸦片都不是，特别是当一个女人为怀孕和分娩而痛苦不堪的时候，鸦片能暂时缓解痛苦，而宗教不能。你们毛卜拉的女人对旅行推销员的长篇演说毫无兴趣。她们只爱眼前那台机器。你们毛卜拉的男人却把那台机器当成情敌。他们第一次感觉到，在男人和女人之间出现了危机。他们不惜丢弃一贯温文尔雅的做派，对那名旅行推销员又是推搡又是辱骂。有人甚至威胁旅行推销员说，如果你不带着那魔鬼的玩意儿赶在太阳落山之前滚出毛卜拉，你会在明天早上醒来时发现自己的脑袋煮在肉锅里。

你们毛卜拉的女人央求祖母阿依玛用那笔下过咒的黄金购买

几台能让母牛替女人怀孕的机器。反正，这是一笔只赚不赔的买卖。你们毛卜拉的女人说。那可不一定。祖母阿依玛像个预言家那样意味深长地说。等到我们毛卜拉的后代一个个长出犄角的时候，你们才会发现这笔买卖让我们毛卜拉人赔得血本无归。到了那时，你们将会后悔得嚼碎自己的肠子。你们毛卜拉的女人对祖母阿依玛的告诫嗤之以鼻。自从看到母牛怀孩子的奇迹，一种疯狂的构想已在她们心里扎根。她们迫不及待地期望着八月提前结束，因为她们想沿着色曲河一直溯流而上，直达河源的荒滩地，然后扎下帐篷，挖掘遍地的黄金。那片盛满黄金的土地是你们毛卜拉人千百年的一个秘密。据祖母阿依玛说，一群比藏獒略小但又比狼高大的红蚂蚁守卫着那片黄金国的土地。红蚂蚁看起来雄壮威猛，但它们却是世界上最脆弱的动物。人类的任何一种搅扰，都会打破它们的梦境，而它们必须依靠持续不断的梦境才能维持生命。红蚂蚁死亡之日，也就是毛卜拉毁灭之时。只在每年八月最后一天日当正午时刻，红蚂蚁才有一分钟的时间从梦里醒来。它们利用这短暂的一分钟，进行一年一度的交尾。如果要从红蚂蚁的看护下取走一粒黄金，必须得骑着一匹在闪电中诞生的骏马，趁着红蚂蚁交尾之际，在黄金国的土地上悄然出现然后迅疾消失。你们毛卜拉已经好多年没有骏马在闪电中诞生了。这也就是祖母阿依玛不得不为那些从祖先手里留下的黄金下咒的原因。

受够了！你们毛卜拉的女人们在万籁俱寂的晚上第一次对躺在身边喝得半醉不醒的男人说。你们只知道像蠢驴一样自己爽一把，却从来不把我们女人的痛苦放在心上。如果能发明一种机器让你们男人用肛门生孩子，你们才会真正理解什么叫作女人。

　　黄金般的八月啊！一个来卖狗皮膏药和大力神丸的江湖艺人如此感叹。谁说不是呢？连你们这些在毛卜拉长大的孩子也没见过如此美丽宜人的八月。可是，自从毛卜拉的男人和女人度过那个不愉快的夜晚之后，你们毛卜拉的空气里，从早到晚总是飘着一股尿臊味。尿臊味钻进你们的鼻子，弄得你们像得了伤风感冒的病人一样喷嚏连连。这种情况以前可从未出现过。大人们看到你们喷嚏连连，就哄你们说在很远的地方，肯定有个人在不停地思念你们。你们的朋友看来很孤独。大人们总是这样神秘莫测地说。你们这帮孩子聚在一起，穷尽每个人的记忆，也没想起会有谁在很远的地方思念你们。你们在毛卜拉村以外没结识过朋友。也许是那个穆斯林货郎客。茨仁诺布说。他已经好多年没来过毛卜拉了。怎么会是他呢？他对你们恨之入骨还来不及呢，因为你们经常会把他木箱里会唱歌的玻璃球偷个精光。阿佳唯色好像还偷到过一支会飞的鸡毛掸。亚嘎像是突然想起这件事似的，补充说。是啊，那时候阿佳唯色是你们这帮孩子的头。她比谁的胆儿都大。别说是偷穆斯林货郎客会飞的鸡毛掸，她连耍猴人的猴子都敢偷。为了让那只猴子逃离耍猴人的魔爪，你们用包着辣椒粉的糌粑喂给那只猴子，结果它被辣得发了疯，不仅抓破了耍猴人的脸，还捏着石头追打你们呢。那是阿佳唯色的主意。亚嘎凭着他的好记性，提醒你们说。她还跟我打赌说，那只猴子要是吃了辣椒不抓破耍猴人的脸，她就把那支会飞的鸡毛掸送给我玩。

　　究竟是谁在远方思念你们呢？你们连打着喷嚏，对这个谜一样的问题困惑不已，以致在麦场上玩"马连手"的游戏时一个个都显得心不在焉。

你们毛卜拉的男人和女人依旧处于冷战状态。尿臊味整日盘踞在你们这帮孩子的鼻腔里。这种感觉糟透了。你们这帮孩子也就不再玩"马连手"的游戏了。躲在狼毒和马兰丛里的豹子日夜窥视你们，但你们这帮孩子谁都不会感到恐惧。你们渴望被豹子吃掉，因为那从早到晚的喷嚏让你们感觉像是患了一场瘟疫。汉人、蒙古人、尼泊尔人和回族人纷纷撤离。他们那像狗鼻子一样灵敏的嗅觉告诉他们，整个毛卜拉充斥着一股让人烦躁不安的尿臊味。唯一让人稍感振奋的是，八月份的好天气让疯子尼玛变得性情温和。他不再整天端着自制猎枪，到处寻找人们活动的脑袋。自从他十六岁那年用枪托追打一只旱獭时由于猎枪走火冲掉他的半个脑袋，这可怜的人就变得神志不清。他总把人们晃动的脑袋当成奔跑的旱獭。那次意外事故给尼玛茨仁留下了一张嘴、一个鼻子、一只眼睛、一个耳朵和半个大脑。他的视觉和听觉神经受到严重损害，这使他每次举枪瞄准人们活动的脑袋时，总是失去准星。许多悲惨事件也因此而得以避免。

你们这帮孩子懒洋洋躺在草地上，看疯子尼玛在苜蓿地里逮蝴蝶。你们第一次小心翼翼地走近他，问他逮那么多蝴蝶要做什么，他说要把那些蝴蝶带回家去做老婆。人人都有老婆，为什么我就没有呢？疯子尼玛哭丧着一张脏兮兮的脸自言自语。是的，疯子尼玛应该有个老婆才对。他已年过三十。可蝴蝶不能给你生孩子啊。你们善意地提醒。你们胡说。疯子尼玛摇晃着他那只剩一半的脑袋，生气地说。阿佳唯色说过，蝴蝶可以生孩子。你们想起阿佳唯色以前的确说过这样的话，但那是为了欺骗疯子尼玛，因为疯子尼玛每次遇见阿佳唯色，都要举枪对着她脑袋，要她答应做他老婆。唯色天不怕地不怕，她唯一害怕的就是疯子尼玛。有一天，正当疯子尼玛举枪对准她脑袋时，一只蝴蝶落在枪管上。阿佳唯色灵机一动。尼玛，那只蝴蝶才是你老婆。阿佳唯色喊道。它会给你生一堆花花绿绿的孩子。从那以后，疯子尼玛就开始端着猎枪到处寻找蝴蝶。蝴蝶不会给你生孩子。你们对疯子尼玛说。那是阿佳唯色骗你的。我不信。疯子尼玛固执地说。既然有一种机器能让母牛生孩子，那就一定能让蝴蝶生孩子。等到明年八月，阿佳唯色就会给我带来一台那样的机器。

一想到阿佳唯色，你们的喷嚏就会打得更加猛烈。我敢肯定，是那些流落在外的孩子们正在思念你们。祖母阿依玛从她居住了一辈子的小木屋里走出来，扶着轻飘飘的空气来到草原上对你们说。在异乡人的土地上，没人愿意陪他们玩"马连手"的游戏，所以孤独会无时不在地啃啮他们的心灵。唉，如果他们能像黄金一样听得懂我的咒语就好了。这些可怜的孩子需要一声召唤。也许他们能听见我们玩"马连手"时合唱的歌声。你们这样想。虽然我有些怀疑，但谁能保证人世间的奇迹不是这样发生的呢？祖母阿依玛肯定了你们的想法。于是，你们十二个孩子手拉手站成一队，冲着间隔二十米站在对面同样手拉手的十二个孩子唱道——

卖卖卖卖卖马唻。

卖的什么马?

核桃关子枣红马。

评一评。

二连手。

杀破你们的马连手。


　　茨仁诺布撒腿狂奔,像一匹马冲向对面的队伍。对面的队伍被冲为两截。茨仁诺布带着人数较少的那一截队伍回到自己的队伍里。接下来,你们又一次唱起"马连手"之歌。那歌声高亢洪亮,盖住了火车的汽笛声。许久没听到这歌声的大人们全都聚集在草原上,一边听歌,一边看你们玩游戏。八月的阳光逐渐偏斜。你们毛卜拉人投在大地上的影子慢慢重叠在一起。你们毛卜拉的男人手拉起手,加入你们的行列,玩起"马连手"的游戏。疯子尼玛丢下手中的蝴蝶,举起猎枪,向着你们晃动的脑袋瞄准。一二三,射击!砰的一声,枪响了。你们头顶飞过的一只鸽子像断线的风筝,直直掉落。疯子尼玛又一次把子弹打偏了。生活多么美好!祖母阿依玛如此感叹。这才是我们毛卜拉人祖祖辈辈的生活。祖母阿依玛虽然看不见眼前发生的一切,但她能够清晰地感觉到这个世界每一次轻微的心跳。世界的心跳连着她最敏感的神经。这并非什么奇迹,而是有目共睹的事情。她甚至能够感觉到你们每个人思想深处的秘密。所以,当你们毛卜拉的女人冷眼旁观这场由大人和小孩一起玩耍的游戏时,祖母阿依玛说出了她们的心思。你们听着,女人,如果不放弃你们明天早晨要去黄金国的打算,你们将死无葬身之地。老巫婆,你也听着，等我们背回来一马褡又一马褡的黄金，我们就会用黄金购买让母牛生孩子的机器。你们毛卜拉的女人第一次极其粗鲁地对着祖母阿依玛说话。那时候，我们将会拥有比黄金还要珍贵的东西，那个东西就是——自由。如果你食古不化，企图煽动这些自私愚蠢的男人阻止我们使用那神奇的机器，我们就会用黄金喂养你，让你拉出的大便里再也见不到一粒青稞。你们毛卜拉的男人看到女人如此放肆，一个个气得快要发疯。他们刚想冲过去将自己的女人狠揍一顿，祖母阿依玛却站在男人和女人中间。祖先留下的话说，要是惊扰了红蚂蚁做梦，它们就会即刻死去。祖母阿依玛平静地说。红蚂蚁死亡之日，也就是毛卜拉毁灭之时。谎言。这纯粹是谎言。你们毛卜拉的女人嚷嚷。我们亲眼看到的事实是，在我们毛卜拉这些活着的人当中，还没有一个人去过黄金国的土地。很快，我们这些不想再忍受生育之苦的女人，将会揭穿这个老巫婆多年来欺骗我们的谎言。她用谎言堆砌的宫殿正在摇摇欲坠。她在我们毛卜拉的精神统治很快就会土崩瓦解。在她死亡的那天，我们将会用欢迎汉人、蒙古人、尼泊尔人和回族人以及欧洲白人的鲜花为她送葬，因为那鲜花代表科学时代的荣光。到那时，一个因愚昧和迷信而腐朽多年的毛卜拉将不复存在。

那天晚上，你们留在草原上，玩了一宿"马连手"的游戏。本来，你们是为了避免在村庄里看到男人和女人吵架才留在草原上的，但让你们颇感意外的是，当你们整宿唱着"马连手"之歌时，那烦人的喷嚏却不再搅扰你们，甚至好几天来由男人和女人相互敌视的目光和彼此谩骂的脏话发酵出的那股尿臊味也变得不再那么难闻。我想，在远方思念我们的那个人听到了今天晚上的歌声。茨仁诺布说。说不定那个人正用鼻子嗅着这歌声的气息，向着毛卜拉走来。

黎明，你们毛卜拉的女人骑着马，追溯着色曲河，向着传说中闪闪发光的黄金国的土地奔驰而去。她们的坐骑中没有一匹是诞生在闪电中的骏马。祖母阿依玛立在村口，嘴里咕哝着令人费解的话语。那话语既像祝福，又像诅咒。你们毛卜拉的男人全都蹲在狼毒和马兰的花丛边，痴痴遥望他们的女人被河流的喧嚣逐渐淹没。狼毒和马兰的花丛里，潜伏着饥饿的豹子。那是个无比忧伤的早晨。你们虽然继续玩着"马连手"的游戏，但每个人的心情都无比沉重。为了不让自己流出眼泪，你们使劲唱着"马连手"的歌。太阳就在你们的歌声中跃出遥远的地平线。你们最后一眼看见女骑手的背影被朝阳染成一群休止符似的红点。在太阳升起的地方，几个衣衫褴褛的人正脚步蹒跚地向着毛卜拉走来。你们停下歌声，迎着他们走去。随着距离越来越近，你们认出了领头的那个人，因为那个人的肩头蹲着一只花栗鼠。

我就是被人贩子拐卖到大城市……领头的那个人喝下你们捧上的一碗水，喘了一口气，然后接着说。我就是替城里的女人生了好几年孩子的阿佳唯色。那些通过机器从母牛肚子里诞生的男人和女人，根本就没有生育能力。因为能够生育的人越来越少，所以这个满是小偷、骗子和强盗的国家正在面临毁灭。

# 你见过央金的翅膀吗

更噶亚丁经常梦见央金的脸上长出一朵野玫瑰。他还梦见八月将尽的那天上午，央金打开鸟笼，让那只黄鹂去寻找属于它的爱情。其后不久，那只雄黄鹂竟从美玛措湖的岸边带来了一只雌黄鹂。它们相亲相爱，在央金的头发里筑巢做窝，繁衍后代。大柳树就这样成了毛卜拉草原上所有黄鹂的家。

因为我在这边走，你在那边飞，

再也听不见我们的窃窃私语；

因为我在这里生活，你在那里号叫，

拍打着你不安的半透明的双翼。[1]

——约瑟夫·布罗茨基（Joseph Brodsky）《疲
劳现在是更常造访的客人》

很久以前，阿妈桑吉常常提醒更噶亚丁，叫他在牧羊的时候
千万不要靠近那棵柳树。

"那可不仅仅是一棵柳树，"阿妈桑吉说，"那是一个人，一个

---

1  布罗茨基：《从彼得堡到斯德哥尔摩》，王希苏、常晖译，漓江出版社，1990，第 8 页。

从雅拉神山的峰顶骑着一粒青稞来到草原的黑巫师。"

有关黑巫师的故事,更噶亚丁已经从不同人的嘴里听过无数回了。黑巫师喜欢穿着从魔鬼那儿借来的蛇皮大衣吓唬小孩,并把吓晕的小孩烧成灰烬,好用来为他的诅咒巫术增添魔力。

"他会把你的灵魂带到一头猪的脑子里去,然后再把猪的灵魂赶进你的身子里来。"阿妈桑吉每次在讲黑巫师的故事时,总会这样强调一句。

西藏最伟大的护法神看到黑巫师作恶多端,就口吐神咒,神咒变成闪电,将黑巫师殛成一棵带伤疤的柳树。从远处看,那棵柳树确实很像一个披散着浓密而又纷乱的头发、身材干瘦而且伤痕累累的黑巫师。不要说人,连鸟都不敢靠近那棵柳树。许多人担心护法神的神咒一旦失效,黑巫师就会复活。为防止黑巫师危害一方,印南寺的僧人应草原牧人的恳请,在柳树下举行了一场盛大的驱魔法会。

法会开始的上午,天空飘着丝丝细雨,而在法会结束的下午,草原上出现一道彩虹。那是一个吉祥的日子。法会的效果立竿见影。不久,一对黄鹂就从远方飞来,落入柳树的树冠,筑起新巢。

"黄鹂做窝以后,不听话的央金天天爬到柳树上,说是要学着黄鹂的样子,飞到毛卜拉草原以外的世界去。"阿妈桑吉对更噶亚丁说。

多少年来,阿妈桑吉一直坚信,央金是变成一只黄鹂飞走的,而不是被人杀害的。

"她会飞回来的,"阿妈桑吉想念央金的时候,习惯用这样的话宽慰自己，"她总有长大的一天。人长大了才会恋家。"

在更噶亚丁眼里，那棵柳树仅仅是一棵柳树，一棵遭过雷殛的柳树。它像个孤儿，茕茕孑立在草原中央。如果没有那棵柳树，毛卜拉草原就会平坦得像一面镜子，一面被石匠年年打磨的镜子，一年两次，也就是初春和秋末，开始刮大风的季节，凌空飞渡的天鹅，就会在这面镜子上看到它们优雅的身影。对于那些走遍世界的旅行者而言，要是用毛卜拉草原与雅拉神山之间的美玛措湖作为它们梳妆打扮的镜子，那就未免显得有些小家子气。美玛措湖太小了，只需花上不到半天时间，你就可以骑马绕湖一圈。每年八月，为了从不同角度观赏湖光山色，更噶亚丁都要骑着阿卡丹增送他的枣红马，环绕美玛措湖旅行一次。

"等我长大了，我就要从毛卜拉草原出发，穿过羌塘荒漠，翻越喜马拉雅，一直走到印度去。我们的格桑仁波切就住在印度，"更噶亚丁一边吹口哨，一边想，"我要见到他。我要告诉他毛卜拉草原上发生的一切。我还要说——作为一个秘密，也是为了遵照阿卡丹增的遗嘱，我只对他一个人说，我们毛卜拉草原上的央金长着一对看不见的翅膀。"

阿卡丹增自从格桑喇嘛离开毛卜拉去了印度以后，他就遵从格桑喇嘛的教导，每隔三年去朝拜一次雅拉神山和美玛措圣湖。以他目前一百零一岁的年龄推算，他已经绕着美玛措湖五体投地，一步一个等身长头走了二十九圈。他说，等两年后再去朝拜神山圣湖的时候，他就要让自己死在美玛措湖的岸边，因为三十圈是一个朝圣者生命的极限。更噶亚丁经常听见阿卡丹增说："格桑喇嘛不在印度，他在我心里。我每天都有很多疑问，关于生和死的疑问，关于欢乐与痛苦的疑问，关于爱和恨的疑问，格桑喇嘛总会耐心向我解释。这样过去了许多年，我终于没疑问了。因此，我可以心安理得地死了。"

美玛措湖的岸边秃鹫很多。要是阿卡丹增死了，他根本不需要天葬师的切割，秃鹫能把他的尸体撕成碎片，带到天空去。

"我的灵魂喜欢虚空。"阿卡丹增经常这么说。

更噶亚丁觉得美玛措湖还是太小了。

"天鹅肯定不会喜欢美玛措湖。"更噶亚丁在马背上一边说话，一边拉低了毡帽的帽檐，以遮挡午后刺目的阳光。

"你说得对，孩子，"阿卡丹增抖动着他的白胡子说，"它们喜欢毛卜拉大草原。"

从阿卡丹增说话的语气里，你能想象出毛卜拉草原有多么辽阔吗？哈哈，让我告诉你吧，一个骑马的人追赶着太阳走上三四天都别想从草原的东边走到西边。那年，更噶亚丁跟着阿卡丹增去朝拜雅拉神山的时候，骑马走了整整一个星期，才到达雅拉神山那片长满山毛榉和狼毒草的山麓。在此期间，他们的屁股一刻都没离开马鞍。

"天鹅飞了那么远的路，它们总得把自己打扮打扮，要不然，我们这些在地面上的人看了会笑话它们的。"更噶亚丁在山坡上休息的时候对阿卡丹增说。

"那可不！"阿卡丹增漫不经心地说，同时把鼻孔凑到右手大拇指的指甲盖上，狠狠地吸了一下鼻烟。

"它们会不会像央金一样，收起翅膀降落在柳树上？"

"会的，"鼻烟刺激得阿卡丹增泪光闪闪，但他不忘回答更噶亚丁的提问，"不过，说不定央金会跟着天鹅一起飞走。"

"阿卡丹增，要是央金跟着天鹅飞走了，你会伤心吗？"

"不会的。她只跟天鹅在一起，才会幸福。我们应该感到高兴。"

那年夏天，阿卡丹增在朝拜神山圣湖的时候，沿着美玛措湖一步一个等身长头，走完了他生命中的第三十圈朝拜路线。

"三十可是个吉祥的数字啊，"阿卡丹增翻了个身，像往常晒太阳那样躺在沙砾上，乐呵呵地说，"我可不想再活了。"

说着，像是一阵睡意袭来，他平静地闭上眼睛。

"守住我们的秘密，"阿卡丹增说，"它是世界上唯一的一把钥匙。"

"我能用这把钥匙打开什么呢？"更噶亚丁一边驱赶着从天空不断扑来的秃鹫，一边问道。

"打开你的心灵……"

在阿卡丹增离开人世的日子里，不是由于没人再陪他放牧，也不是由于没人再带他去朝拜神山圣湖，而是由于独自拥有一个秘密，更噶亚丁感到孤独无比。好多次，他都想把这个秘密告诉给阿妈桑吉，以便岩石般沉重的孤独不再只是压在他一个人的心里。可是每次话到嘴边，他又忍住了。他觉得这样的背叛会让阿卡丹增飘在虚空中的灵魂感到不安。

"也许在天鹅中间，有一只天鹅对飞行感到厌倦，它会像央金一样，永远留在树上。但它得小心，以防可恶的猎人扎巴多吉发现它以后,把它的翅膀摘去跟青稞喇嘛换神药。"

八月的一天中午,更噶亚丁躺在树荫里,咬着一根芨芨草,学着吸鼻烟的成年人那种深沉的样子给阿卡丹增飘在虚空中的灵魂讲述他的白日梦。

青稞喇嘛住在雅拉神山的洞窟里。他用自己的屎尿做成一种据说能包治百病的神药。毛卜拉草原上的牧民一有头疼脑热,就找一对鸟的翅膀去青稞喇嘛那儿换神药吃。青稞喇嘛唯一的癖好就是收集各种鸟的翅膀——麻雀的翅膀、野鸽子的翅膀、乌鸦的翅膀、鹰的翅膀、秃鹫的翅膀……据说,他已经修练出一种神通——坐在一粒随手扬起的青稞上,但他仍不满足。他的梦想是能够像鸟一样飞遍世界。他试着把每一种鸟的翅膀捆在背上,在积雪的山顶练习飞翔的技艺。每一次,他都从悬崖上摔落下来,弄得自己瘸胳膊断腿。后来,他得出结论:只有天鹅的翅膀,才能实现他的梦想。

到了九月,一场比往年提前的霜降,使柳树的叶子一夜变得金黄。更噶亚丁换上羊皮袍子,仍像在八月的时候一样,躺在树荫里,做着没完没了的白日梦。常常,他把自己的白日梦讲给阿卡丹增飘在虚空中的灵魂听,不过有时候,他也讲给身边吃草的枣骝马听。不管他的声音有多小,他都知道,央金躲在树冠里把他的白日梦全都偷听去了。央金喜欢他那有关天鹅的白日梦。风把柳树上的第一片落叶吹走的那一天,更噶亚丁正在讲着他的白日梦,一个苍老的声音从风中传来:

"我会送你一只天鹅。"

更噶亚丁觉得那苍老的声音无比熟悉。他叫了一声"阿卡丹增"，可是风停了，整个世界变得一片寂静。更噶亚丁重新躺在树下。就在那时，他看见一只孤单的天鹅迷途一般，在天空盘旋。它一次次扑向毛卜拉草原，仿佛在寻找一个合适的落脚点。最后，它筋疲力竭，降落在柳树上。央金从树冠里钻出来，吐出胃里没消化的食物，像哺育雏鸟一样，嘴对嘴喂给天鹅。那只天鹅饿极了。更噶亚丁的腰里拴着装糌粑的布袋和盛酥油茶的皮囊。他想攀到树上给天鹅喂食。可是，天鹅一看到他就吓得拍翅欲飞。央金只好用双腿勾着树枝，倒挂下来，把更噶亚丁手里的糌粑叼在嘴里，然后再翻身而上，把嘴里的糌粑喂给天鹅。就这样，经过半天时间，央金和天鹅成了一对亲切的好姐妹。看着她和天鹅在树上嬉戏，更噶亚丁第一次羡慕起央金的生活来。以前，他总觉得央金在柳树上过着孤独而不幸的日子——她得忍受风霜雪雨，她得在一发现除了更噶亚丁以外有别人靠近柳树时，迅速钻进树冠藏起来，她得在树叶落尽的季节躲在狭窄的树洞里，以免被冻死⋯⋯

自从有了那只天鹅，央金变得快乐起来，她整天唱着一首无词的歌曲。更噶亚丁一听到央金的歌声，就会像个喝了青稞酒的醉汉，倒在地上呼呼大睡。他总是梦见自己的背上长出一对天鹅的翅膀，在毛卜拉草原上自由地飞翔。

这样过了好几年，天鹅的行踪终于被猎人扎巴多吉发现了。他趁着央金还没从夜晚的梦境里醒来，用绳子悄悄捆住她，把她丢在树下，而他却躲在央金睡觉的树冠里，等待一只天鹅的到来。那只被更噶亚丁叫作"空行女神"的天鹅正是央金的好姐妹。每年，它跟随"人"字形的天鹅队从南方飞来，一到毛卜拉草原，就跟其他继续赶路的天鹅打个招呼，然后离开"人"字形的队伍，落在毛卜拉草原的柳树上，与央金一起待上好几天。等到柳树的叶子脱落到无法掩盖央金的身体时，那只天鹅就会飞离毛卜拉草原，形只影单地飞越喜马拉雅山，去印度次大陆的越冬地度过半年。在更噶亚丁的印象里，除了那只名叫"空行女神"的天鹅，央金在这个世界上不愿与任何人产生友谊。第一个发现她的阿卡丹增照顾了她好多年，也从未见过她有过什么感激的表示。

"看到她那副悲惨的样子，我都不敢相信那是人干的，"事隔多年，阿卡丹增回忆起发现央金的那个下午，依然会愤愤不平地说，"他们简直比狼还凶残。我们神圣的格桑喇嘛要是听说了这件事情，一定会掉下眼泪。"

央金对所有人都怀有深深的戒意。

"我是你弟弟，"更噶亚丁一看到央金的眼睛，就对她说，"我在摇篮里的时候听你唱过汉人的歌。"

央金是毛卜拉草原上第一个会唱汉人歌曲的孩子。阿妈桑吉在思念央金的时候，总是忘不了央金趴在牛毛绳编的摇篮边，给更噶亚丁唱歌的情景。自从解放军来到草原上，央金就整天跟着他们疯跑。解放军女战士不但给央金教唱歌，还送她铅笔和本子，让她学着画画和写字。央金每次从解放军的兵营回来，阿妈桑吉总会发现女儿的身上带着一股好闻的香皂味。

"你看她那干干净净的样子，简直不像个牧羊人的孩子，"阿妈桑吉笑容洋溢，深陷在幸福的回忆里，一再这样说，"如果有一件崭新的羊皮袄，谁都会以为她是个贵族家的女儿。"

有一天，央金穿着一件崭新的羊皮袄一脚跨进她家的黑帐篷。阿妈桑吉惊讶地问道："唉呀，我的孩子，你是拉萨城里哪个贵族老爷家的千金？"

　　如今，更噶亚丁常常将阿妈桑吉讲给他的故事再讲给央金听，以图增进两个人的感情。央金非但不理睬更噶亚丁，还经常将嘴里嚼了一半的糌粑吐在更噶亚丁的脸上，仅仅因为更噶亚丁恳求央金，让他看看她是怎样用那对看不见的翅膀从树上飞到地面又从地面飞到树上的。好几次，更噶亚丁心中燃起的怒火差点让他失去理智。他真想一把将央金拽下树来，以便仔仔细细地观赏一下她的飞行术。一个会飞的人总是让更噶亚丁感到好奇。他听阿卡丹增讲过，印南寺的格桑喇嘛能骑着一面不断敲响的牛皮鼓飞行，鼓声的节奏决定着飞行的速度。

　　猎人扎巴多吉轻而易举地逮住了那只天鹅。央金在树下无声地哭泣。她泪眼婆娑，祈求猎人扎巴多吉放掉天鹅。

　　"你这不知从哪来的丑八怪听着，"扎巴多吉说，"这一对天鹅的翅膀能从青稞喇嘛手里换来很多神药。好多牧民会拿着金银珠宝来买神药。哈哈，我扎巴多吉终于要发财啦。"

　　央金跪在地上，向着猎人扎巴多吉连连磕头。猎人扎巴多吉的心肠硬得就像石头一样。他拧下天鹅的翅膀，骑马驰向远方。

　　更噶亚丁来送饭的时候，看见被捆缚的央金满脸泪痕，跪在天鹅的尸体旁边。整整一天，央金不吃不喝不言不语也不哭泣。她只是默默凝视天鹅的尸体。嗅到死尸气味的秃鹫布满天空。它们一只只卷起翅膀，俯冲而下。央金用她的双脚踢打秃鹫。由于没有双臂来保持身体的平衡，她一次次摔倒在地。

"也许她那看不见的翅膀只能用来飞行。"更噶亚丁在远处看着央金与秃鹫的战争，对自己作出这样的解释。

接下来的一个星期，央金一直守护着天鹅的尸体，没有飞回到柳树上去。她的身体变得非常虚弱。每天早晨，更噶亚丁走出帐篷的时候，都会带着糌粑和酥油茶。他赶着牦牛出发，大约需要一个钟头才能到达毛卜拉草原的中央。在这一个钟头的时间里，更噶亚丁骑着那匹枣骝马，跟着牦牛又瘦又长的影子，唱着歌儿，慢慢来到柳树下。他从马背上下来，解下马鞍上装糌粑的布袋和盛酥油茶的皮囊，准备给央金喂食。以前，更噶亚丁来给央金喂食的时候，会在树下喊一声"阿佳"。可能是央金在晚上离开柳树去什么地方玩的时候飞累了的缘故，更噶亚丁从未见过她在更早的时间醒来。只有当她听到更噶亚丁喊"阿佳"的声音，她才会打着哈欠从树冠里探出头来。她那牛毛毡一样的头发和树叶长在一起。柳树不高，更噶亚丁只要踩着马镫，直起身子，就能将酥油茶和糌粑送进央金的嘴里。亮晶晶的刀疤在她脸上宛如闪耀的火光。央金总是用一双歹毒的眼睛冷冷地打量着更噶亚丁。

"我是你弟弟。"更噶亚丁说。

他总觉得央金的记忆出了问题。按理说，像他这样每天都来看望她并给她带来食物的人，完全应该成为她最值得信任的人，何况，他还是她的弟弟，但是，从她那冷漠的眼神，更噶亚丁感受不到一丝亲切。每当此时，更噶亚丁就会觉得有一把伤心的刀子舔着他的心灵。

"难受啊，"更噶亚丁嘀咕了这么一句，"就是一头狼，养的时间长了都会有感情呢，何况还是人。"

如今，央金的天鹅一死，她的心变得更加冷漠。更噶亚丁在她眼里看不到一丝热情。尤其让更噶亚丁感到好气的是，自从天鹅死后，央金就一直拒绝进食。她紧闭嘴唇，对更噶亚丁送到嘴边的糌粑和酥油茶连看都不看一眼。

蚂蚁搬走天鹅的最后一根羽毛。那天黄昏，更噶亚丁要赶着牦牛回家去了，但他不愿意离开柳树。他想在离柳树不远的地方看看央金怎样飞到柳树上去。打从记事起，更噶亚丁就从未见过央金飞翔的样子。

"阿佳，快飞到柳树上去吧，要不然，蚂蚁会吃了你的。"更噶亚丁喊道。

央金茫然的目光停在虚空，对更噶亚丁善意的提醒毫不在意。她似乎要像一棵飞燕草那样在地上扎下根来。等到星星挂满天空的时候，央金还是一动不动地待在原地。更噶亚丁走过去，把装糌粑的布袋和盛酥油茶的皮囊放在央金面前。

"阿佳，我想你是饿得没力气飞了吧。"更噶亚丁说。

那天晚上，由于担心蚂蚁会吃掉央金，更噶亚丁一夜都没睡着。他抱着装有一只黄鹂的铁丝笼，在羊皮袍子里辗转反侧，惹得阿妈桑吉以为他得了什么病。那只黄鹂是他养了好几年的宠物。为了让更噶亚丁安然入睡，阿妈桑吉给他吃了一粒从猎人扎巴多吉手里买来的神药。天没大亮，更噶亚丁就穿好棉布袍子，随便洗了一把脸，抱着鸟笼匆匆忙忙走出帐篷。草原的风冷冷地吹着。风里有一股沙尘的味道。更噶亚丁禁不住打了个寒颤。看来，黄金般的八月很快就会过去。阿妈桑吉在牛栏里正在给第二头母牛挤奶。奶桶里冒着新鲜牛奶从母牛体内带来的热气。更噶亚丁放下鸟笼，走进牛栏，双膝跪地，像只小牛犊一样把嘴伸到母牛的乳房下面。阿妈桑吉用手一挤，一股乳白色的牛奶射进更噶亚丁张开的嘴里。更噶亚丁咕嘟咕嘟地喝了几口牛奶，然后站起身，用袖子抹去嘴边的奶渍，对阿妈桑吉说：

"我得去一趟大柳树那儿。"

"天还没亮呢。"阿妈桑吉说。

"我昨天把装糌粑的布袋和盛酥油茶的皮囊丢那儿了。"

"放心好啦，狼不会偷布袋和皮囊的。"

"我还是去拿吧，过路的人会捡走的。"

更噶亚丁一边撒谎，一边给枣骝马备好鞍鞯。临上马的时候，他顺手捞起那只鸟笼。

"你提着鸟笼干吗去？"阿妈桑吉问道。

"放生去，"更噶亚丁头也不回地说，"大柳树才是黄鹂的家。"

"是啊，大柳树才是黄鹂的家，"阿妈桑吉忧伤地说，"央金小时候总喜欢爬到柳树上去。我担心她睡着的时候会从树上掉下来，但她总是说：'阿妈，你放心，我会睡在黄鹂的鸟窝里。'唉，大柳树上已经好多年没有黄鹂的窝了。"

太阳刚刚跃出地平线。更噶亚丁骑马来到毛卜拉草原的中央。由于一直提着鸟笼的缘故，他的整条胳膊都麻木了。在孤零零的柳树下面，更噶亚丁发现装糌粑的布袋和盛酥油茶的皮囊变得空空如也。他笑了。他踩在马镫上撑直身体，对着茂密的叶丛喊道：

"阿佳，你看我给你送什么来了。"

过了很久，央金才从树冠里探出头来。更噶亚丁晃晃了手里的鸟笼说："黄鹂，送给你的。"

央金的脸上掠过一丝不易察觉的惊喜。她犹豫着弯下身子，用双腿勾着一根树枝，伸长脖子。更噶亚丁把鸟笼递了上去。央金像啄食的鸟一样，张开嘴，叼住鸟笼的提手，然后一个翻身，回到树顶。她把鸟笼挂在最高的树枝上，回过头来冲着更噶亚丁莞尔一笑。她脸上那纵横交错的刀疤宛如道道闪电。可是，更噶亚丁觉得央金的笑容很美，也很动人。后来，更噶亚丁经常梦见央金的脸上长出一朵野玫瑰。他还梦见八月将尽的那天上午，央金打开鸟笼，让那只黄鹂去寻找属于它的爱情。其后不久，那只雄黄鹂竟从美玛措湖的岸边带来了一只雌黄鹂。它们相亲相爱，在央金的头发里筑巢做窝，繁衍后代。大柳树就这样成了毛卜拉草原上所有黄鹂的家。

# 神奴

　　雪顿节的那天早晨，尼玛茨仁临出门的时候说，昨天夜里，我总是听见接连不断的马铃声。从那以后，尼玛茨仁就再也没有回来。那奇怪的精神病人对亚嘎说。但我每天都能梦见他。他赤身裸体，牵着一匹白马到处流浪。骑马的人面容模糊，让人看不出他到底是苦还是乐……

有什么比信仰一个家神更为快乐！[1]

——弗朗茨·卡夫卡（Franz Kafka）《箴言》第 68

尼玛茨仁走出村庄，迎着刺骨的寒风，踩着铁路的枕木，一摇一晃地向着印度的方向盲目前进。几个在铁路旁牧羊的姑娘看到他赤身裸体，都以为他发了疯。当时，你就像一条走在路上的鱼。与兽医站站长的儿子订了婚然后又悔婚的森吉卓玛在半年后的新婚之夜，对着心急火燎的新郎这样描述那天上午她所看到的情形。而另一位姑娘，制革匠人的女儿，人称铁姑娘的老处女仁青旺姆则对我们说，风刀子在尼玛茨仁的身上剁着，这让他看起来活像一头被

1　卡夫卡：《卡夫卡集》，叶廷芳编选，上海远东出版社，2004，第 226 页。

枪手剥了皮的藏羚。

综合这两位姑娘的描述，让人无法不再相信尼玛茨仁已经发疯的事实。但是，若要让牧羊姑娘和我们这些与尼玛茨仁朝夕相处的朋友最终明白，尼玛茨仁赤身裸体的出走不是出于精神失常，而是由于一个家神的意志使然，那还需要再等好几年，因为那时候，印南寺的第十四世转世喇嘛——格桑仁波切——还没作出有关尼玛茨仁家的家神已经变成魔鬼的论断。不过，在几位牧羊姑娘当中，倒是有一位名叫三郎措的姑娘，似乎具有一种未卜先知的本领。尼玛茨仁的力气大得惊人。她说。在他一把抓住我的胳膊，将我丢进芨芨草里的时候，我就已经意识到这个疯子的身体里藏着一个魔鬼。借助魔鬼的力量，他可以将一列火车掀翻。三郎措所说的火车，指的就是从北京开往拉萨的 T27 次特快列车。在尼玛茨仁走上铁轨不久，火车从一座山冈后面开了过来。森吉卓玛是那几位牧羊姑娘当中唯一上过小学的一位。她有足够的理智判断某种行为是否符合道德标准。况且，她在我们毛卜拉以勇敢著称，因为她曾撵着一头青毛母狼奔跑了五六里路程，迫使青毛母狼松口，丢下被它叼走的一只羔羊。当另外几位牧羊姑娘捂住眼睛不敢再向铁路上张望的时候，森吉卓玛果敢地说，不要为那个疯子的行为感到羞耻，看到他那副可怜的样子，我们的心里应该盛满悲哀。在森吉卓玛的劝说下，另外几位牧羊姑娘跟她一起跑上铁轨，准备将尼玛茨仁带回村庄。在铁轨上，尼玛茨仁每隔两根枕木就跨出一大步。几位姑娘跟着尼玛茨仁的脚步，累得气喘吁吁。最先挨近尼玛茨仁的三郎措被他扔进了草丛里。我一看见他那双瞪得像灯泡一样的眼睛，肠子就打结。铁姑娘仁青旺姆后来一谈起那天发生的事，仍然显得心有余悸。其实，我们把她那天的恐惧归因于恶劣的天气。按照后来格桑喇嘛的解释，坏天气是恶魔在作祟。那天，寒风夹着食盐似的雪粒，扯得越来越紧。青藏高原上庞大的冬天即将来临。羊群在紧张地咩咩叫唤。匍匐在山冈上的青毛母狼惊讶地观望着火车——那巨大的钢铁怪物——在它野性的视域中摇撼着大地。走在铁轨上的几位姑娘感觉到脚下的大地像是受到恐吓似的，颤抖得越来越厉害。看着尼玛茨仁冻得发紫的身体，森吉卓玛脱下自己的羊皮袍子。她是我们毛卜拉的姑娘当中唯一像城里人那样穿着线衣线裤的人。森吉卓玛刚刚将羊皮袍子披在尼玛茨仁的身上，就发现自己做了一件极其愚蠢的事情。尼玛茨仁一把抓起羊皮袍子，像只野兽一样狂呼乱叫，顷刻之间，就将那件羊皮袍子撕得粉碎。那是一件崭新的羊皮袍子，塔瓦镇上的瘸子裁缝缝制它的时候，用去了五块熟羊皮，还花了森吉卓玛好不容易攒起来的五十块钱。森吉卓玛看到自己心爱的羊皮袍子变成了碎片，就一屁股坐在铁轨上，伤心地哭起来。天气太冷，她环抱双肩，瑟瑟发抖，整个身体缩成了一团。

　　火车越驶越近。对于我们这些正在上课的孩子来说，那天上午在毛卜拉草原上响起的火车汽笛声，充当了中午放学时的铃声。语文老师索南达吉还没读完课文的最后一段，我们就已迫不及待地冲出教室，赶到村庄外面去看火车。那是自青藏铁路开通以来，我们看到的第七辆火车。去拉萨寻找异域风情的游客，正在火车上谈笑风生。许多年以后，我们才得知，当时有个离了婚的北京女人——

曾经的时尚杂志编辑，如今辞了职——倚着车窗，望着茫茫高寒草甸，以及草甸上的村庄、马匹、羊群、青毛母狼和一群穿着羊皮袍子系着红领巾的藏族小学生，心里盘算着如何才能在拉萨寻找一段艳遇。她的身体如此饥渴，以至于她持续不断地做着和一个藏族男人沉迷于床笫之欢的白日梦。

　　火车仿佛一头巨大魔兽，呼啸而来。几个年龄较小的牧羊姑娘心里一阵发紧。她们借口尿急，跳下铁轨，撩起羊皮袍子的裙裾，蹲在草地上佯装小便。快把你的月经带给我。森吉卓玛对年龄最小的曲珍喊道。曲珍撅着嘴极不情愿地说，昨天你才让我戴上的。快点，曲珍。森吉卓玛催促说。今天下午我给你再送一条。可我身上的血还没淌干净呢。曲珍还是撅着嘴，极不情愿地说。森吉卓玛像头母狮一样喊道，扯一把骆驼蓬，把你身上那不争气的窟窿眼先堵上。曲珍只好解下月经带。当她看到月经带上殷红的血，脸唰的一下就红了。森吉卓玛跳下铁轨，一把夺过曲珍手中的月经带，然后又返身跑上铁轨，将月经带挂在尼玛茨仁的脖子上。尼玛茨仁惨叫一声，像被烙铁烫了一下似的，突然跳跃起来。他抓住森吉卓玛的手，像抓着一只鸽子的翅膀，跳到平坦的草地上。森吉卓玛定定地看着尼玛茨仁，不知道是她从祖母阿依玛那里学来的驱邪巫术让他苏醒了过来，还是尼玛茨仁自己意识到了危险的临近。火车以撕心裂肺的吼叫，排山倒海般从姑娘们眼前奔驰而过。倚着车窗的北京女人亢奋地又跳又叫。快看啦，快看啦，藏族女人要强奸那个男人啦！哇噻，好原始好野蛮好刺激喔！游客们纷纷扑向车窗。他们隐隐看到大地远去，沉天铺地的风雪中，一群女人围着一个赤身裸体的男人，其中一个女人脱去厚重的羊皮袍子，只穿着薄薄的线裤和线衣，而那男人身条健美，仿如一名冲过终点的运动员。哇，真是令人难以置信。车厢里的游客议论纷纷。藏族人连做爱都像斯巴达战士。

我们这群孩子并未急着回到家里，去吃祖母阿依玛做的牛肉包子。我们先是站在离铁路不远的地方，凝望着火车像汉人埋葬死人时用的巨大棺材，从远方而来，又到远方而去。透过车窗玻璃，我们看到鬼魂面孔般一闪即逝的人脸。我看到一个人光着身子。不久前被确认为通灵者巴依老爷转世的小灵童丹巴煞有其事地说。我们对他的谎言嗤之以鼻，因为火车驶过时速度太快，车厢里的人只在我们的视网膜上留下模糊不清的影子。可我真的看到一个人光着身子。小灵童丹巴说着话，指了指铁路另一边的牧场。我们的目光随着小灵童丹巴的手指，从火车消逝的地方收回来，看到了赤身裸体的尼玛茨仁。他向我们所处的方向走来，似乎还唱着一首听不懂内容的歌。他肯定疯了。我们当中年龄最小的亚嘎说。怎么可能呢？尼玛茨仁是我们最崇拜的人。他在县城中学上高三，能说一口流利的汉语，还能讲点怪腔怪调的英语。长着红毛的外国人到毛卜拉来旅游时，尼玛茨仁就叽哩哇啦地跟他们说一堆离奇古怪的事情，像什么小灵童丹巴是一头青毛母狼在一个风雪之夜送到祖母阿依玛门前的啦，或者像什么虽然祖母阿依玛什么都看不见，可她能用心灵感知一切啦，还有什么他尼玛茨仁在梦里一再听见神圣的嘉瓦仁波切在向他召唤啦，等等等等，不一而足。当那个汉族导游问我们这一切是否属实时，我们异口同声地说，那都是真的。有一些更加神奇的事情，尼玛茨仁还没来得及讲呢，比如，兽医站站长每天都会抽出好几个小时，端着听诊器在毛卜拉草原上寻找大地的心跳，再比如，我们毛卜拉的一头母猪有一年生了一只小象，由于我们全村人盯着那丑陋的动物看了好几个小时，最后竟把那可怜的小家伙给看死了……汉族导游和长红毛的外国人第一次发现他们对世界的了解几乎还停留在中世纪。他们唏嘘感叹，甚至面带愧色地离开了毛卜拉。临走之前，汉族导游还为我们与那些长红毛的外国人拍了一张合影。他答应不久会把照片寄给我们，但我们在漫长的一生中，从未收到来自远方的信件。

终有一天，尼玛茨仁把我们召集起来，问我们谁想跟他一起到印度去。我们不能再为那张狗屁照片浪费时间了。他说。因为去印度朝拜嘉瓦仁波切才是我们最重要的事情。嘉瓦仁波切能给我们文具盒吗？亚嘎提出这个问题时，我们觉得这是每个人的问题。我们渴望得到城里孩子用的那种文具盒，文具盒里得装满彩色笔。既然兽医站站长能用听诊器听见大地的心跳，我们就能用画笔画出太阳的心脏。但我们几个年龄稍微大点的孩子为了表明自己不是个庸俗的人，于是就嘲笑亚嘎的问题太过无知。他居然想要一个文具盒！我们可不要什么文具盒，我们要嘉瓦仁波切的头发。祖母阿依玛说了，要是装护身符的嘎乌里能有一根嘉瓦仁波切的头发，魔鬼就会躲得远远的，再黑的夜里走路都不怕。还有神药。亚嘎提醒我们说。对，还有神药。祖母阿依玛说，如果能吃一粒嘉瓦仁波切的神药，她就能重见光明。所以，当尼玛茨仁问我们想不想跟他去印度时，我们几个大点的孩子都感到非常兴奋。祖母阿依玛在她漫长的一生中，要是能够看一眼太阳，那该多好啊。我们的头领，也就是号称"游击队长"的扎巴多吉感叹说。但是，为了不让村里人发现我们去印度的秘密，你们必须选出三个人，而且，这三个人必须是孤儿。在我们这群孩子里面，只有亚嘎、号称"游击队长"的扎巴多吉和小灵童丹巴是祖母阿依玛收捡的孤儿，我们这些私生子虽然没有阿爸，但阿妈还是有的。我们的阿妈在县城打工，每逢藏历新年，她们就到毛卜拉来看我们，还给我们带来水果糖。除了小灵童丹巴，亚嘎和扎巴多吉跟着我就行。尼玛茨仁说。号称"游击队长"的扎巴多吉和亚嘎却说，也许，祖母阿依玛见不到我们的话，她会伤心的。是啊，祖母阿依玛怎么会不伤心呢？上一次，扎巴多吉在山里挖虫草，很晚都没回来。祖母阿依玛领着我们漫山遍野地找他。直到后半夜，我们才发现扎巴多吉躺在一块石头上呼呼大睡。可你们想想，你们去印度是为了祖母阿依玛呀。尼玛茨仁鼓动我们说。那你去印度就为了朝拜嘉瓦仁波切？我们这样问他。尼玛茨仁的表情变得非常肃穆。他望着远处的雅拉雪山，满怀深情地说出了他心里的话：那是我多年的梦想。

当天下午，前往印度的童子军出发了。他们的牛皮背囊里装着糌粑、酥油、青稞酒和风干的生牛肉。我们一直送到铁路大转弯的地方，才与他们依依惜别。就在我们刚刚走进村庄时，亚嘎从后面撵上了我们。你为什么回来了？我们问道。因为我怕天黑的时候有鬼。亚嘎说。只有睡在祖母阿依玛的怀里，我才不会害怕。我们骂了他几句，决定不再搭理这个怯懦的自私鬼。晚上，我们吃完祖母阿依玛做的牛肉包子，就围着她，听她讲故事——诞生于俄木隆仁的米饶辛保，头上长着一对驴耳朵。他是苯教的祖师爷，常常骑着长鼓遨游太空……故事讲到一半的时候，祖母阿依玛突然说：孩子们，我感到烧心烧得很厉害。我们焦急地问道：祖母阿依玛，您是不是生病了？我没生病。祖母阿依玛一边挨个摸着我们的脸，一边说。我感到烧心是因为你们当中少了两个人。

我们只好把真相告诉了她。在我们看来，祖母阿依玛从来就不是一个盲人。她的眼睛长在心里。她不但能够看见我们是不是就在她的眼前，还经常看见米饶辛保骑着长鼓飞行。当祖母阿依玛听说尼玛茨仁和扎巴多吉去了印度，她竟然高兴地叫了起来。好孩子啊，我的好孩子，要是我有一双眼睛，就是一步一个等身长头，我也要到印度去。

祖母阿依玛的好心情感染了我们。从那天起，我们就翘首期盼扎巴多吉和尼玛茨仁早日归来。等到九月，天开始变冷的时候，我们终于等来了尼玛茨仁。一辆公安局的警车载着他，把他扔在了兽医站的门前。那天，我们放学后一直躲在兽医站内——也就是早已废弃的公社大院里——观赏公马与母驴的交配。我们勾肩搭背，倚墙而立，由于紧张而屏住呼吸。人称"豁牙三麦"的兽医站站长——由于整个兽医站就他一个工作人员，所以他既是兽医，又承担着为农牧民的母马、母牛、母驴、母羊和母猪配种的工作。繁忙的工作压垮了我的身体，豁牙三麦经常向那些来自乡政府的领导干部抱怨说，所以你看我弓腰驼背的样子，总以为我是个七十岁的老人。其实他只有五十多岁。豁牙三麦长得跟毛卜拉的同龄人没什么区别，从某些方面来看，他要比那些长年累月在牧场上和青稞地里辛勤劳作的同龄人显得更有精神。用寡妇茨仁措姆的话说，别看他天天装老，他可比兽医站里的那匹种马还要结实，要不然，怎么会动不动就有莫名其妙的外乡女人抱着孩子来找他呢？我们知道，豁牙三麦之所以如此诉苦，是因为他想要乡政府为他涨工资。他的儿子扎西才让今年从部队上复员回来，准备继任兽医站站长的职位。扎西才让是个性格温和的小伙子。他跟着父亲一边学习兽医知识，一边用驴皮为我们制作了一个又一个足球。

我们看见公马扬起前蹄，跨在母驴的后背上。它那又粗又硬的生殖器敲打着母驴的脊背。豁牙三麦教导扎西才让抓起公马的生殖器，塞进母驴的阴户。扎西才让以一个炮兵的架势，把公马的生殖器像一枚炮弹一样塞进了母驴的阴户。我们在电影里看到解放军战士向敌人开炮时，用的也是扎西才让的那种姿势。冲啊——我们学着解放军战士的样子，冲出了兽医站。就在那时，我们看见尼玛茨仁被一名警察推下警车。他是那样肮脏和虚弱，几乎像一头刚刚诞生在草地上的羊羔，想要挣扎着站起来，却因体力不支而一次次摔倒在地。我们怯怯地看着那名警察，谁也不敢上去扶他一把。等到警车绝尘远去，我们才围拢过来。扎巴多吉呢？我们问道。尼玛茨仁用舌头舔了舔他那皲裂的嘴唇，喘了一口气说，在翻越朗喀巴山口的时候被人开枪打死了。

为了不让祖母阿依玛担心，我们撒谎说，扎巴多吉到了印度，见到了神圣的嘉瓦仁波切，再过一段时间，他会带着嘉瓦仁波切的神药回到毛卜拉。但是，尼玛茨仁比我们每个人都清醒。他对祖母阿依玛说，扎巴多吉再也回不来了。祖母阿依玛在默默流泪，因为她又开始感到一阵阵地烧心。夜里,尼玛茨仁躺在祖母阿依玛身边,一直都在发烧。他那滚烫的额头上,一粒粒汗珠就像从铝壶里溢出的开水。祖母阿依玛伸手摸了摸他的脑袋,喃喃地说道:可怜的孩子,魔鬼就躲在你身子里。

尼玛茨仁陷入沉重的梦乡。他不知道我们为了等他醒来,足足等了三天三夜。在此期间,豁牙三麦带着听诊器来为尼玛茨仁做过一次义诊。他手扶白色的金属听筒,摸遍了尼玛茨仁的全身。最后,他摘下听诊器的胶皮耳栓,抬起头来,脸上带着疑惑不解的表情说:为什么他身体里总有一阵阵的马铃声?祖母阿依玛问道:你有没有听见魔鬼的声音?没有。我们的兽医出于职业的本能,用冷冰冰的语气说。只有马铃声。我看你们别再为他操心了,他活不过第三天。要是一匹马,说不定还能多活一两年。豁牙三麦走后,祖母阿依玛跪在房子外面的空地上,向着她能想起的每一位神灵祈祷。神啊,请把你对这孩子的惩罚全都降临到我头上吧。一连三天三夜,我们听见祖母阿依玛一直在不停地重复着这句祷词。到了第四天早上,金色朝阳穿过窗户,照在尼玛茨仁的脸上。他睁开眼睛,说了声:哪儿来的马铃声,吵得人连个安稳觉都睡不好。然后,他翻身坐起,瞅了瞅我们这些目瞪口呆的孩子。祖母阿依玛在为谁祈祷呢?他问道。为你啊。我们说。豁牙三麦说你活不过第三天。尼玛茨仁不屑地说,他只会给那些死骡子烂马看病,你们也信他的话?

尼玛茨仁从睡梦中醒来,恢复了往日的勃勃生机。他一天到晚地唱着歌,干着活,快乐得像头春天的公牛。好多年无人修补的羊圈经过他的手,变得像一座花园。我们居住的房间也被他修葺一新——墙壁刷了石灰粉，还画了彩色的鱼、钵、月亮、太阳、法螺、时轮、莲花和吉祥结，门楣上放了一个刻有六字真言的白骨牛头，房顶上竖起了经幡。生活总是如此美好。我们把"风马"撒向天空，庆祝尼玛茨仁的归来。那时候，我们谁都不会想到尼玛茨仁会发疯。即使是在他第一次裸身出走的那个早晨，我们记得他跟往常一样，天没亮就起了床，帮助祖母阿依玛为我们做完了早餐。等我们上学的时候，他又跟我们一起出了门。我们看着他把羊群赶上山冈。我们还听见他在山冈上唱了很长时间的歌。那首名叫《森吉卓玛》的歌我们人人都会唱。美丽善良的森吉卓玛，森吉卓玛啦，你像一只远方飞来的小鸟，把我的怀抱当成了家，啊，美丽善良的森吉卓玛，森吉卓玛啦，你像一只永不疲倦的小鸟，把我带到了遥远的香巴拉。第一节课结束以后，我们站在操场上，听到尼玛茨仁唱着这首歌从山冈上走了下来。他的歌声多么优美! 可是，那几位牧羊姑娘却说他疯了。这怎么可能呢? 尼玛茨仁——我们喊着他的名字。他的眼里除了空茫再就一无所有。亚嘎脱下羊皮袍子刚要披在尼玛茨仁身上，森吉卓玛却说，我的羊皮袍子就是被他撕碎的。他不会撕碎我的羊皮袍子，因为这件袍子是祖母阿依玛缝的。亚嘎一边说着话，一边把自己的羊皮袍子披在尼玛茨仁身上。不幸的是，尼玛茨仁照样撕碎了亚嘎的羊皮袍子。他力大无比，一双手比剪刀还要锋利。亚嘎蹲在地上，为失去的羊皮袍子而痛哭失声。我们和牧羊姑娘一起躲得远远的，生怕被尼玛茨仁撕成碎片。

雪愈下愈大。森吉卓玛和亚嘎只好回家，要不然，他俩会被冻死的。尼玛茨仁却像钢铁做成的一样，赤着脚光着身子在雪地上跑得大汗淋漓。我们和牧羊姑娘们一起，坐在铁轨上，观望尼玛茨仁疯狂的裸奔，个个都束手无策。煤炭般沉重的阴云笼罩了大地，让草原变得愈来愈黑。时间的河流在我们冰凉的体内无声无息地流逝。

风雪中传来一串清亮的马铃声。从马铃声那欢快的节奏可以判断，准是豁牙三麦骑着那匹浑身油亮的黑色种马去别的村庄配种回来了。那是一匹好走马。它走起路来，四个蹄子像是贴着草皮在飞。每年八月的赛马会上，它都能得走马比赛的第一名。远远的，豁牙三麦就看到了赤身裸体的尼玛茨仁。他催马加鞭，来到我们面前，脸上带着一贯冷漠的表情。那孩子又怎么啦？豁牙三麦问道。疯啦。我们说。不过这是我们猜的。说不定您用听诊器一听，就能听出点什么来。他的身子里杂音太多。豁牙三麦说。我只能听见一阵又一阵的马铃声。这次跟上次不一样。我们说。您还是用听诊器听听吧，说不定能听见火车的汽笛声呢。豁牙三麦觉得我们言之有理。他跳下马背，冲着尼玛茨仁走去。我们仍旧坐在铁轨上静静地观望着。大雪正在埋葬这个让我们迷惑不解的世界。尼玛茨仁一看到豁牙三麦，立马变得狂躁无比。他像一头受到威胁的狗熊，对着豁牙三麦又是狂吼乱叫，又是张牙舞爪。那种穷凶极恶的样子，让豁牙三麦望而生畏。他明智地退回到铁路边。他的身体里住着一个魔鬼。豁牙三麦说。

天快黑的时候，亚嘎扶着祖母阿依玛来到铁路边。尼玛茨仁一看见祖母阿依玛，立刻变成了一个听话的孩子。他乖乖地站在雪地里，让祖母阿依玛将一件羊皮袍子裹住他的身体。尼玛茨仁温顺得就像一条被人搔痒的狗，慢慢地躺在雪地上。他那迷惘的眼睛望着谷仓般装满雪花的天空。我们和豁牙三麦趁机跑过去。尼玛茨仁在祖母阿依玛的爱抚下，进入沉沉梦乡。豁牙三麦从怀里取出他的宝贝，一遍遍用那金属玩意儿摩擦尼玛茨仁的身体。过了很久，他摇了摇头说，没有什么火车的汽笛声，只有一阵阵的马铃声。

我们只好用黑色种马驮着尼玛茨仁回家。祖母阿依玛又一次跪在屋外，身披雪花，向着她所知道的每一位神灵祈祷。神啊，请把你对这孩子的惩罚全都降临到我头上吧。到了夜半时分，雪停了。尼玛茨仁唱着歌儿从梦里醒来。他不明白祖母阿依玛为什么要在如此寒冷的夜晚跪在屋外祈祷。显然，他对白天发生的事情毫无记忆。为了不再刺激他的神经，我们撒谎说，祖母阿依玛在为扎巴多吉祈祷幸福。尼玛茨仁怅然若失地呆坐在床上，半晌不再言语。

那个漫长的夜晚就这样艰难地过去了。尼玛茨仁又像从前一样，整天唱着那首名叫《森吉卓玛》的歌，辛勤地劳作着。在空闲的时候，他就教我们学习英语。记住，学会了英语你就可以走遍世界。每次在他教英语的时候，都要强调这么一句。他的热情感染了我们每一个人。虽然我们生活在一个世界地图上根本就找不到的地方，但我们每天都在憧憬着走遍五大洲和四大洋。当然，我们最想去的地方，还是印度。尼玛茨仁告诉我们说，在喜马拉雅山南麓，居住着神圣的嘉瓦仁波切。他能让我们的祖母阿依玛看到这世界的光。尼玛茨仁的热情还深深地吸引着另一个人。那个人就是祖母阿依玛的孙女森吉卓玛。她喜欢和我们一起跟着尼玛茨仁学英语。春天来临的时候，森吉卓玛就对祖母阿依玛说，祖母阿依玛，请您劝劝我那像驴子一样固执的阿爸和阿妈，让我赶快和尼玛茨仁结婚吧，我已经怀孕了。

森吉卓玛要嫁给尼玛茨仁的消息轰动了整个毛卜拉。兽医站站长的儿子——就是那个去年从部队上复员回来的扎西才让——听到这个消息，备受打击。从那天开始，他就不再跟着豁牙三麦学习一个兽医所应具备的知识，也不再为我们制作足球，而是整天坐在铁轨上，一边唱着那首名叫《森吉卓玛》的歌，一边闷头闷脑地喝酒。毛卜拉村的酒鬼已经够多的了，再多一个也不会让我们感到惊奇。在扎西才让一个人坐在铁轨上喝酒的那些日子，我们谁也没去打扰他的独处。只有他父亲豁牙三麦有一次看到他那伤心的样子，有些于心不忍，就走过去对他说，母狗不翘尾巴的话公狗不上，我看森吉卓玛不是什么好女人，所以你也用不着这样自暴自弃。扎西才让喝了一口酒，眼里闪着泪花。豁牙三麦叹了一口气又说，做条好公狗吧，儿子，母狗见了你自然会翘尾巴的。

燕麦抽穗的时候，毛卜拉人为尼玛茨仁和森吉卓玛这一对情投意合的恋人举行了盛大的篝火晚会。豁牙三麦解下黑色种马的鞍辔，让它去跟那些草原上吃夜草的母马自由交配。这样美好的夜晚不仅仅属于人类，而且还属于牲畜。他醉醺醺地站在马鞍上，向我们发表演说。你们，你们这些吃糌粑的人啊，听着，这样美好的夜晚还属于科学。是的，科学，长红毛的外国人和吃大米的汉人带到青藏高原的科学已经战胜了宗教。就在今天下午，我在一簇马兰花的下面，第一次用听诊器听到了大地的心跳。而在以前，印南寺的格桑喇嘛总是夸耀说，他能听见居住在地下的那些神灵天天吵架的声音。我们把龅牙三麦的演说当作他酒后的醉话，因为我们毛卜拉的每一个酒鬼都是天真的梦想家。人称铁姑娘的老处女仁青旺姆和每一个男人频频碰杯，仿佛这婚礼是专为她而举行的。只有三郎措默默地坐在火的影子里，显得忧心忡忡。昨天我去铁轨那边牧羊时，扎西才让对我说，他会杀了尼玛茨仁的。三郎措说。下午回到村里以后，我总是嗅到空气里有一股羊的膻腥味。

我们觉得三郎措的这番话有些晦气，便不再搭理她。祖母阿依玛在篝火旁为大家唱了一支古老的谣曲。我们谁都听不懂她在唱什么。这支谣曲讲的是天神创造大地和人类的故事。祖母阿依玛说，它适合在这个繁衍子孙的日子里唱出来。

尼玛茨仁和森吉卓玛陶醉于这个非比寻常的夜晚。他们牵着彼此的手，恨不得融化于跳荡的火焰。他们两人的爱情照亮了我们每个人的幸福。那真是一个充满幸福之光的夜晚。多年以后，虽然我们历经苦难，但一想起那彻夜燃烧的篝火，我们总会觉得人生并非一片寒冷与黑暗。那天晚上，我们本应想起来还有一个人正在铁轨上独自喝酒，可我们太兴奋了。我们和大人们一起，喝着青稞酒，跳着锅庄舞，狂欢了整整一个通宵。天快亮的时候，我们和大人们一起躺倒在篝火旁的帐篷里，醉得不省人事。中午时分，火车在山冈那边拐弯时发出的汽笛声将我们吵醒。遍照万物的阳光让我们身周的花花草草以及村庄外面的庄稼显得欣欣向荣。小灵童丹巴说，我们该去看火车了。

于是，我们相互搀扶着，摇摇晃晃地站起身来。在向铁路走去时，我们感到脚步发虚，脑袋里咣啷咣啷的，好像有十八只吊桶在上下打水。看来，昨天晚上我们醉得实在不轻。等我们走到铁路边，火车已经驶远。空气里残留着呜咽般的汽笛声。我们望着空荡荡的铁轨以及铁轨两边的牧场，没看见那个借酒消愁的退伍军人。他像一缕空气，随着微弱的汽笛声，消失在铁路的尽头里。既没看到火车，也没看到扎西才让，这使我们感到极为扫兴。空气里弥漫着泥土、青草、马粪、牛粪和尸体腐烂的味道。我们隐约地意识到，在草地上踢足球的好日子不复存在了。

我们闷闷不乐地回到村里，看到人们全都醒了过来。豁牙三麦为马匹备上鞍鞯，像是要出门远行。一群小伙子则不断踩踏摩托车的离合器。祖母阿依玛跪在篝火的灰烬旁，正在向天祈祷。而我们美丽的新娘森吉卓玛则抱着人称铁姑娘的老处女仁青旺姆失声痛哭。我们和三郎措一样，嗅到了一股羊的膻腥。

尼玛茨仁不见了。在他和森吉卓玛当作新房的帐篷里，我们找到了他那绲了金边镶了水獭皮的藏袍子。显然，他又一次赤身裸体地出走了。也许，在他走上铁轨不久，扎西才让就将一把刀子插在了他的背上。但是，大人们通过推理，觉得事情还不至于坏到如此境地。他们或者骑马，或者骑上摩托车，向着各个方向出发，去寻找尼玛茨仁和扎西才让。女人们回到各自的家里去照料牲畜。我们守着祖母阿依玛，和她一起祈祷。昨天晚上，我一直感到烧心烧得很厉害。祖母阿依玛说。为了婚礼，我只能装出一副快乐的样子。

傍晚的时候，骑马的人和骑摩托车的人回来了。他们跑遍方圆一百里，没看见一个人影。尼玛茨仁和扎西才让的消失于是就成了一个谜。我们怀着这个谜开始了一天天的等待。我们等来了庄稼的丰收，等来了森吉卓玛和尼玛茨仁的儿子在一个黎明的诞生，但没等来解开两个男人消失之谜的钥匙。祖母阿依玛说，世界上从无打不开锁的钥匙，我们要做的就是继续等待。

我们又等了一年。有一天，一个蓬头垢面的男人披着一块破破烂烂的亚麻布闯进了村庄。我们剪去他的须发，洗去他满脸的尘土和油垢，发现这个一直在傻笑的男人正是尼玛茨仁。嘿，你这一年都去了哪里？我们好奇地问道。我哪儿都没去呀。尼玛茨仁如梦方醒似的说。昨天晚上篝火快要熄灭的时候，我喝醉了，就想好好睡一觉，可总有人在我身边骑马，马铃声一直响个不停。你看到那骑马的人了？祖母阿依玛问道。尼玛茨仁先是抱了抱泪流满面的森吉卓玛，然后又诧异地看了一眼儿子那陌生的面颊，才对祖母阿依玛漫不经心地说，没有。说着话，尼玛茨仁钻进森吉卓玛的房子，找到了那件绲了金边镶了水獭皮的藏袍子。他把自己打扮一新，然后开始埋头干活，仿佛真的是刚从一场宿醉中醒来。为了不再刺激尼玛茨仁的神经，祖母阿依玛要我们别再提及这一年发生的事情。

守寡一年的森吉卓玛突然精神焕发。她像只小鸟一样，整天都在歌唱。我们的生活开始变得跟从前一样，舒缓，宁静，而且无忧无虑，仿佛什么事情都不曾发生。豁牙三麦一如既往地利用闲暇，躲在马兰花下用听诊器聆听大地的心跳。我们也一如既往地在中午时分去铁路边看火车。火车里那些一闪即逝的面孔，从来没在我们心里留下过什么痕迹。在我们毛卜拉，时间的流动停止了。一天早晨，当祖母阿依玛又一次说她烧心烧得很厉害的时候，我们才蓦然发觉，一年的时间已经过去了。草原开始返青。像是预感到某种不幸似的，我们跑到了尼玛茨仁的家里。森吉卓玛刚刚睡醒。我梦见一个骑着白马的人带走了尼玛茨仁。森吉卓玛对我们说。但我想这不会是真的……她的话突然打住了，因为她看见床上放着尼玛茨仁那叠得整整齐齐的藏袍子。又一次，我们开始了漫长的等待。等到明年，他就会回来。我们每次遇见森吉卓玛的时候，就这样安慰她。对于尼玛茨仁，这一年短暂得就像做了一个梦。可是，一年的时间很快就过去了，尼玛茨仁没回来。看来，他这一觉睡过头了。为了让森吉卓玛不再忧愁，我们用开玩笑的方式宽慰她。那就让他再睡一个晚上吧。尼玛茨仁的一个夜晚对于我们来说就是一年。当我们在兽医站的厕所里，发现豁牙三麦把他办公室里的最后一张日历牌撕下来擦了屁股时，我们发现又是一年过去了，可尼玛茨仁仍然杳无踪影。

后来，我们一个个离开毛卜拉，成了县城中学的寄宿生。假期回家的时候，祖母阿依玛总是说她烧心烧得很厉害。我们给她服用了加味逍遥丸、香砂和胃丸和越鞠保和丸，却毫无效果。森吉卓玛一年比一年苍老。每次见到她，我们总会想起那首名叫《森吉卓玛》的歌，但我们觉得那首歌与她毫无关联。倒是人称铁姑娘的老处女仁青旺姆让我们颇为怀念，因为她无法忍受等待之苦，索性出家当了尼姑。最终，在事实面前，我们不得不承认，尼玛茨仁在几年前就已经精神失常了。但是，回到毛卜拉看望祖母阿依玛的格桑喇嘛却说，尼玛茨仁的出走，纯粹是他家家神的意志使然。我终于想起来了。祖母阿依玛说。许多年前，一群来自草原之外的人杀死尼玛茨仁全家三十八口的时候，还烧掉了他家家神的画像。据说，那是一尊骑着白马的家神。在无人供奉的岁月里，那尊家神逐渐变成了魔鬼。格桑喇嘛说。他把尼玛茨仁当成了自己的奴隶。

我们不知道尼玛茨仁当了家神的奴隶以后，是否还活着。他的命运着实让人揪心。嫁了人的三郎措却说，别担心，空气这么纯净，嗅到那股羊的腥膻真是一件困难的事情。

在我们这帮孩子当中，只有亚嘎一个人考上了大学。我们其他人都回到了毛卜拉，娶妻生子，并把自己的根牢牢地扎进了这片神奇的土地。大学毕业后，亚嘎成了一名自由摄影师。为了拍摄一组名为《精神病院》的作品，他走遍全国的精神病院。有一天，在位于拉萨市以东十五公里处的一所精神病院里，亚嘎遇见了一名奇怪的精神病人。那个精神病人说她年轻的时候，曾是北京一家时尚杂志的编辑，青藏铁路开通以后，她移居拉萨，做起了酒吧生意，并很快就发了财。作为拉萨城里最富有的女人，她爱遍了每一个英俊的藏族男子，但她最爱的，是一个从毛卜拉草原到拉萨来朝圣的牧人。那牧人的名字叫作尼玛茨仁。她和尼玛茨仁同居了好几年。雪顿节的那天早晨，尼玛茨仁临出门的时候说，昨天夜里，我总是听见接连不断的马铃声。从那以后，尼玛茨仁就再也没回来。那奇怪的精神病人对亚嘎说。但我每天都能梦见他。他赤身裸体，牵着一匹白马到处流浪。骑马的人面容模糊，让人看不出他到底是苦还是乐……

对于一个精神病人的话，亚嘎当然只会一笑置之，但当亚嘎把这件事告诉我们的时候，我们终于放弃了对尼玛茨仁的担心，因为我们相信，他还活着，只是活在一个我们常人看不见的世界里而已。在那个世界里，他有着自己的生活方式。再说了，有什么比信仰一个家神更加快乐！

只要他还活着，我就可以放心地死去了。这是祖母阿依玛听到有关尼玛茨仁的下落以后，留给我们的最后一句话。直到此时，我们才意识到，祖母阿依玛已经是个一百零一岁的老人了。

# 知道天上有多少颗星星的人

　　沮丧的孩子回到家里，向嘉贝提问："天上的星星有多少颗？"嘉贝惊奇地发现，这孩子对星星的秘密一无所知。从那以后，嘉贝开始无限惆怅地怀念起一个人来。他相信，如果那个人当年不被饿死，天上的星星究竟有多少颗，就不会是一个永难破解的谜。那个人会用他搓了一生的牛毛绳告诉人们这个谜的谜底。

有两样东西，人们越是经常持久地对之凝神思索，它们就越是使内心充满常新而日增的惊奇和敬畏：我头上的星空和我心中的道德律。[1]

——伊曼努尔·康德 (Immanuel Kant)

没有数学的年代，结绳记事的发明要归功于我们毛卜拉的哑巴族长。他是村里最智慧的老人，只有他知道，天上的星星究竟有多少颗。每一个毛卜拉人，打从记事起，就看见他像一台永不疲倦的机器，搓着一条牛毛绳。他边搓绳子边打结，每一个结代表一颗星星。即使在梦里，在祭祀念青唐古拉山神的庆典上，在率领村民抵

---

1　康德：《实践理性批判》，邓晓芒译，人民出版社，2003，第 220 页。

抗侵略的战争中，也没人发现哑巴族长放下过手中的牛毛绳。对他而言，那条牛毛绳已经成了他身体的一部分。毛卜拉人并不以此为怪，相反，大家轮流伺候他吃喝拉撒睡，好让他从繁琐的日常事务和艰辛的体力劳动中脱身出来，心无旁骛地去搓牛毛绳。因为一个共同的祈盼——希望哑巴族长早日完工，以便通过牛毛绳上的一个个结，了解星星的秘密——毛卜拉人团结一心，亲如手足。

那是毛卜拉永不再有的一段黄金岁月。许多年过去了，有人开始怀疑哑巴族长在将牛毛绳搓到一半时可能会死去。这种怀疑像一场瘟疫，很快就蔓延到毛卜拉的每一个褶皱里。那些志愿服务的人因此品尝到一种上当受骗的委屈。大家相互责备，彼此憎恨，大打出手，甚至拔刀相向，为的是发泄郁积心中的闷气。频频发生的暴力事件摧毁了毛卜拉绵延多年的宁静。赌徒、酒鬼、小偷以及渎神者一日日多了起来。除了几位老人，年轻人没有谁会去印南寺礼佛和转经。荒芜的时光抚摸着年轻人的荷尔蒙。他们喜欢在村外树林里像狗一样偷情和野合。梅毒开始在整个毛卜拉流行，连印南寺的一些僧人也因感染梅毒而遭到格桑喇嘛的驱逐。他们被赶进瑜伽行者在俄日朵峰顶苦修的山洞里。

就是在这种情况下，猎人西绕多吉携带虎骨、豹皮和麝香，离开毛卜拉。他要到汉人的土地上去寻找幸福的根源。他是个在娘胎里就会说汉语的人，因为他是一群汉人商队留在毛卜拉的私生子。许多人以为他将一去不返，所以，他在毛卜拉拥有的牛栏、羊圈和那块贫瘠的青稞地很快就遭到瓜分。

看到人们不再关心星星的秘密，哑巴族长无动于衷。他守着那间因无人维修而日渐凋敝并行将崩塌的碉房,继续搓着牛毛绳,继续在牛毛绳上打结。在那些被孤独喂养的岁月里,我们的哑巴族长饥寒交迫。每当寒冬腊月的夜晚降临,由于没人为他送来酥油,他只好不点酥油灯,只好就着透过窗户的星光或雪光,夜以继日地搓着牛毛绳。有时候,连星光和雪光都没有的黑夜,他仍然凭借直觉和习惯性动作搓绳不辍。天上的星星究竟有多少颗,他心知肚明,但他不说,或者,说出这个秘密的时机尚未成熟。

印南寺的格桑喇嘛看到人的灵魂正在滑向黑暗的地狱,他心急如焚,但又无可奈何。好几次,他在盛大的祭神仪式中请求护法神借助通灵者巴依老爷,向他降示神谕,但是,神的语言模糊不清。通灵者巴依老爷每次从迷幻中醒来,总是对格桑喇嘛如此耳语:"神已不言,证明人神之间的距离愈来愈远;从另一个方面推断,这是黑雨将至的征兆。"

格桑喇嘛知道,在毛卜拉人的语言中,"黑雨"暗指"灾难"。据他推测,这"黑雨将至"的"灾难"可能是一场冰雹。为此,他请求驱雹巫师从"刀耕火种节"那天起就坐在毛卜拉附近的俄日朵峰顶,面对天空,日日作法,把一团团魔鬼般狰狞的黑云引向念青唐古拉山以东的汉人地界。汉人的军队则用打飞机的高射炮,将一枚枚炮弹射向天空,把黑云团打成碎片。等到一年一度庆祝丰收的"望果节"到来的时候,驱雹巫师走下俄日朵峰,加入赛马狂歌的人群。他向人们宣称:"冰雹已不能侵害毛卜拉的土地。"但是,这一切并不能阻止毛卜拉人的堕落。他们置菩萨的教导于不顾,依旧陷在淫乱、暴力和贪婪的深渊里而不能自拔。格桑喇嘛又一次请求神谕。通灵者巴依老爷仍像上次那样，只说一句"黑雨将至"，就不再言语。

迎着冬天的第一场大雪，猎人西绕多吉怀揣一颗红苹果——那是他用一颗麝香从一个汉人手里换来的——回到了毛卜拉。他这次回来，是要告诉毛卜拉人，翻过念青唐古拉山，顺着大河流去的方向，向东一百里，就是汉人地界。用他的话说，即使是个势单力薄的人，也能在那片流着奶与蜜的土地上长成一棵参天大树。可是，除了嘉贝这个热爱幻想的少年，没人相信西绕多吉，连三朗措也在一个月明星稀的夜晚用她一对大奶子压着从印南寺逃出来的僧人格勒郎嘉，气喘吁吁地说：

"一个敢把灵魂出卖给汉人的家伙，至少也会跟魔鬼做交易。别看猎人西绕多吉一副真诚的样子，那是在欺骗我们。他真正的目的是要把我们拐到汉人的地界上去，然后像贩卖牲口一样，把我们当成奴隶卖掉，为的是换来更多的红苹果。"

暗恋着三郎措的嘉贝悄悄地伏在大石板后面，支楞着耳朵听见格勒郎嘉说："那可不。要是我在娘胎里学会汉语，我也会这样做的。"

第二天，西绕多吉把那颗红苹果放在村子中央的玛尼堆上。全村的人围着玛尼堆，对那颗能发出香味的红苹果啧啧称奇。在此之前，毛卜拉没人见过红苹果。三朗措当时弯下身子，用她那吐气如兰的嘴唇，对着嘉贝的耳朵偷偷地说，那红苹果让她想起去年夏天的夜晚跳锅庄时燃起的篝火。嘉贝记得，去年夏天的夜晚，三朗措偷偷离开跳锅庄的篝火，踏着黑夜里若隐若现的小路，穿过山毛榉林，与在河边等待多时的格勒郎嘉紧紧抱在一起。他们嘴唇咬着嘴唇，就像火焰搂着火焰。嘉贝躲在树影里，看见三朗措脱去藏袍，变成了一只鳞光闪烁的鱼，哧溜一声，钻进格勒郎嘉的袈裟里。格勒郎嘉的袈裟是三朗措的海子。他们在那片幽深的海子里呻吟，嘉贝分不清那是由于痛苦还是因为欢乐。他只是觉得自己空空荡荡地站在山毛榉林，身体里兜满从河面上掠过的风。

观看红苹果的那天早晨，当三朗措的嘴唇凑近嘉贝的耳朵时，他又一次觉得去年夏天的晚上那阵冰凉的风在他空荡荡的身体里重新刮起。为了掩饰自己的窘态，嘉贝假装说，那颗红苹果就是一坨丢在炉膛里燃烧的牛粪。三朗措失望地掉过头去。嘉贝觉得胸腔里传来一阵隐痛的回声。其实，他真想对三朗措说，那红苹果红得就像她的脸蛋，如果能咬一口，定会甜透人心，而且，那甜透人心的滋味会在他的生命里埋下一粒永恒的种子。

格桑喇嘛询问猎人西绕多吉，那红苹果吃起来什么滋味。西绕多吉说，他也不知道红苹果的滋味，在从汉人的居住地回到毛卜拉的漫长旅途中，虽然那颗红苹果一直躺在他的怀里，但他却没舍得吃，因为他要用红苹果证明，确实有一块流着奶与蜜的土地。

大家议论纷纷。有人说红苹果吃起来就像牦牛肉，也有人说像马奶子，还有人武断地认为，红苹果的滋味应该像星星的滋味，但是苦于无人尝过星星的滋味，所以说这话的人被大家当成了白痴。事到如今，虽然嘉贝羞于承认，但他不得不说，那个被大家当成白痴的人不是别人，正是三郎措。当时，她刚满十八岁。出于一种热爱幻想的性格，她做出这样的推理：既然哑巴族长知道天上的星星究竟有多少颗，那应该有人尝过星星的滋味，毕竟，品尝星星的滋味其难度并不高于数出天上的星星究竟有多少颗。

西绕多吉带着红苹果回来，是为了赎罪。他总是觉得自己罪孽深重，因为他曾射杀过一头白鹿。对于那次狩猎，嘉贝一直记忆犹新。那是一个朝霞漫天的早晨，西绕多吉出门时看见嘉贝正在训练四岁的藏獒森吉练习直立行走。他觉得非常好奇，就拄着猎枪站在地上观望。藏獒森吉吐着火红的舌头，举起两只前爪，挪动笨拙的步伐，一摇一摆地走到西绕多吉的面前，然后伸出舌头，舔了舔西绕多吉的鼻子。西绕多吉拼命打着喷嚏。

"你知道吗，到今天为止，森吉已经像个人一样，在世界上走了一百零一步了。"嘉贝得意洋洋地对西绕多吉说。

"是吗！"西绕多吉停止了打喷嚏，睐了睐含着泪水的眼睛，饶有兴致地说，"估计等它长到和你一样大的年龄，它会用双腿走遍世界。不过，在它学会用双腿走路之前，我得请它帮我去打猎，我们的哑巴族长需要一张做冬衣的鹿皮。"

一听说要为哑巴族长效劳，嘉贝的心情就激动万分。他二话不说，带着藏獒森吉，跟随西绕多吉爬上念青唐古拉山。在俄日朵峰的一侧，西绕多吉指着远处长满庄稼的金色土地，用无比羡慕的口气说：

"看到了吧，那是一块流着奶与蜜的土地。"

"可怕的汉人就住在那里？"嘉贝问道。

"是的，"西绕多吉意味深长地说，"不过，也许你能说汉语，他们就不会伤害你。"

"你的话听起来很有道理。但是，为了保险起见，我建议你先学会豹子的语言，如果在打猎时，豹子能像藏獒森吉一样，一听到你的口令就学习直立行走，那我无论如何都会相信，汉人绝对不会伤害你。"

西绕多吉咬着他那紫色的厚嘴唇沉思了很久。"你说得对"，他说了这么一句，便一头扎进茂密的针叶林。藏獒森吉汪汪叫着，抢在西绕多吉和嘉贝前头，搜寻猎物。它黑色的身影在陡峭山坡上转瞬即逝。西绕多吉和嘉贝身子倾斜，抓着山坡上的冰草，脚抵松树的树根，艰难地向山坡下的灌木林走去。灌木林的下面是班丹拉姆女神居住的圣湖。印南寺的每一世格桑喇嘛圆寂以后，寺院的堪布都会坐在湖边，一边诵经，一边祈祷，等待班丹拉姆女神在圣湖上显现幻景。那幻景也许是一个宗教的象征，一个藏文或梵文字母，一个人的轮廓，一处风景，也许是别的什么。通过这些幻景，堪布就能指出下一世格桑喇嘛投胎转世的所在。西绕多吉和嘉贝走到湖边。正是阳光普照大地的上午，鹿群会在这个时刻赶来饮水。这时，藏獒森吉从灌木林里蹿出来，慌慌张张地来到嘉贝身边。它焦躁不安地趴在西绕多吉和嘉贝埋伏的草丛里，眼里充满恐惧。

"也许它撞见了一头豹子。"西绕多吉悄声说。

"我觉得不像，"嘉贝说，"上次打猎，它一看见豹子就要扑上去。"

正当嘉贝和西绕多吉为藏獒森吉的惊恐不安感到诧异的时候，湖边的灌木林里闪过一道白光。几乎是出于猎人的本能反应，西绕多吉扣动扳机。噗通一声，一只庞大的猎物摔倒在地。被枪声惊吓的飞禽纷纷逃离森林，在凌乱的天空中不安地鸣叫着。嘉贝跟着西绕多吉向着湖边奔去。藏獒森吉却一动不动地呆在原地。湖边草地上，躺着一头白鹿。嘉贝兴奋得手舞足蹈，可是，西绕多吉那紧绷绷的脸却变得越来越苍白。嘉贝看着西绕多吉的脸色，感到非常恐惧。西绕多吉默默地蹲下身去，用手堵住白鹿腹部的伤口。血从他的指缝里汩汩流出。在白鹿的背上，嘉贝发现有一个清晰的鞍印。那种鞍印他在常年驮人的马背上见到过。唵，嘛，呢，叭，嚱，吽。西绕多吉的嘴唇抖得异常厉害。嘉贝相信那不是因为他一遍遍念诵六字真言的缘故。那是由于内心的恐惧。白鹿的瞳孔逐渐放大。最后，它嘶鸣一声，死去了。它的眼睛里滚出一滴大大的泪水。阳光在树梢上移动。整个上午，嘉贝和西绕多吉谁也不说话，两人只是一遍遍念诵六字真言。中午的时候，阳光像剑一样插在白鹿的身上。西绕多吉用眼神示意嘉贝和他一起在湖边挖一个坑，将白鹿埋掉。直到黄昏降临，掩埋白鹿的工作才彻底结束。夜色在森林里随着山岚弥漫。嘉贝和西绕多吉迈着沉重的步子，一步步向山顶爬去。高高耸立的俄日朵峰被天空的繁星簇拥着，显得既壮丽又神秘。嘉贝一屁股坐在石头上，大口大口地喘气。疲倦、沮丧、伤心以及因错杀白鹿而引起的恐惧，全都在他心头翻涌。他想搂着藏獒森吉躺在乱石堆里沉沉睡去。也许他所担心的这一切只是一场噩梦，等到天亮醒来，发现什么都没发生。

"森吉——"

嘉贝呼唤着藏獒森吉的名字，坟墓般阒寂的森林里传来阵阵回声，但森吉的黑色身影却像水一般融进这悲伤的黑夜。

"也许它去做念青唐古拉山神的坐骑了。"西绕多吉说。

"为什么？"

"因为我打死的那头白鹿正是山神的坐骑。"

为了洗去自己因狩猎而犯下的杀生罪孽，西绕多吉变成了一个善良而正直的人。他之所以冒着生命危险去汉人的土地上换来红苹果，完全是出于一种悔罪的心理。他将红苹果放在村子中央的玛尼堆上。"那是一颗魔法石。"从未见过苹果为何物的格桑喇嘛说。他看到丢弃信仰的毛卜拉人被这魔法石吸引着，如潮水般涌来。村外哑巴族长住的碉房边，狼群出没。秃鹫麇集于倾圮的屋顶。没人会想到，哑巴族长正在昼夜不停地搓着牛毛绳。他要告诉人们天上的星星究竟有多少颗，虽然人们对星星的秘密早已漠不关心。

冬天过去了。雪山融水汇成滚滚河流，绕过毛卜拉村。大地解冻，散发出腐殖质的味道。眷恋红苹果的人们依旧围绕着玛尼堆。他们既不想去种青稞，也不关心搓牛毛绳的哑巴族长是否还活着。新的事件——格勒郎嘉被人发现在河边偷情——更能引起人们的关注。为了维护印南寺的声誉，格桑喇嘛将格勒郎嘉赶进瑜伽行者在俄日朵峰顶苦修的山洞，锁上洞门，任其自生自灭。那天晚上，伤心欲绝的三朗措拉着嘉贝的手，攀上俄日朵峰。她透过门缝，向着洞内声嘶力竭地哭喊着格勒郎嘉的名字。她的哭喊声落进苦修者的山洞，就像一滴水落入海绵，变得无声无息。

"他不该恨我，因为我肚子里怀着他的孩子。"半夜下山的时候，三朗措对嘉贝说。

嘉贝什么都不说。他只是默默走路,碎石子被他急遽的脚步踢得到处乱飞。涉过河水,嘉贝和三朗措疲惫不堪地躺在河边的大石板上,一面透过水声聆听彼此的心跳,一面望着星河磅礴的夜空。他们不约而同地问道:"你知道天上的星星究竟有多少颗?"他们谁也回答不出这个问题。一种因无知而引起的羞耻感让嘉贝和三朗措不由自主地想起了哑巴族长。

"也许他已经死了。"三朗措说。

"也许吧,"嘉贝说,"不过,对于一个终生热爱星星的人来说,他死了以后肯定会变成一颗星星。"

"可是,对于我们这些活着的人来说,天上多出一颗星星却是一种悲哀。"

"你的意思是,在这个世界上,除了哑巴族长,本来就没有第二个人有本事计算出星星的数量,如果哑巴族长的灵魂再变成一颗星星的话,那么,计算出天上的星星究竟有多少颗,将是一个永恒的难题?"

三朗措沉默不语。远去的河流越听越远,唯有三朗措的心跳和鼻息,依然清晰可辨。嘉贝感到一阵伤心,因为他第一次想到哑巴族长的死。在此之前,他以为哑巴族长像星星一样,是永生的。大概是心存侥幸的缘故,嘉贝和三郎措趁着夜色来到村庄,一直走进哑巴族长居住的碉房。碉房里成群的蝙蝠笼罩在他们头顶。这些因为偷吃了盐巴而从老鼠变成蝙蝠的动物,又腥又臭。死神总是打发它们向人们通报死亡的讯息。碉房里弥漫着一股腐朽的气息。这腐朽的气息像一种不祥的预感,让嘉贝又一次想到哑巴族长的死。

可是，当他和三郎措攀登独木梯时，他竟然听到一阵微弱的咳嗽声。哑巴族长竟然还活着！月光穿过窗户。在那间又脏又乱的房子里，嘉贝看见哑巴族长依偎在墙角，瘦得只剩下一把骨头，薄薄的亚麻布长袍空落落地罩着他的身体。一群蛇从他的长袍里钻出来，缓缓爬进墙上的裂缝。哑巴族长那打满结的牛毛绳在他身边的窗户外面堆成一座小山。因为牛毛短缺的缘故，哑巴族长竟然拔光自己一生没剪过的头发，拼尽他生命的最后一丝力气，继续搓着用来结绳记事的绳子。这可怜的智者已被饥饿折磨得奄奄一息。

"我们得救他。"嘉贝说。

"人们已经有一年时间不去种青稞了，"三郎措说，"我们到哪儿去找粮食呀？"

"我们可以去打猎。"

"难道你忘了，为了遵循菩萨的教诲，在这个世界上，除了青稞，哑巴族长什么都不吃。"

"或许，那颗红苹果能救哑巴族长的命。"嘉贝拍着脑门想了想说。

三郎措立马拉着嘉贝的手，旋风般跑出村庄。此时，天已破晓，围绕寺院转经的几个老人忍受着饥饿，拖曳虚弱的身体，一边念经，一边谈论有关红苹果的事情。年轻人个个背着猎枪，准备去森林里打猎。猎人西绕多吉劝阻他们说：

"你们要素食，否则，杀生之罪将使你们三世不得转生为人。"

"收起你那虚伪的言辞吧，"一个年轻人说，"一个杀死过白鹿的人，别再妄想充当先知。"

"我发誓，如果你们遵照菩萨的教诲，我会带你们去那流着奶与蜜的土地，"西绕多吉说，"在那里，红苹果遍地都是。"

"可那是汉人的土地，他们会杀了我们。"另一个年轻人说。

"只要你们跟我学会汉语，他们就会把你们当成自己人。"

"去吧，孩子们，"格桑喇嘛从寺院里走出来，对着众人说，"在汉人的土地上，你们将会看到奇迹。"

临走之前，西绕多吉盯着红苹果看了好一阵子。他想把红苹果的颜色、质地、形状和气味全都刻进脑海，这样就能确保自己用虎骨、豹皮和麝香与汉人交易时，得到的不会是红苹果的赝品。但是，在他的凝视下，那颗苹果开始腐烂。

"也许，我吃下那颗苹果，肚子里的孩子就会腐烂成一摊水。"三郎措俯下身来，把吐气如兰的嘴唇贴近嘉贝的耳朵说。

"那可是杀生！"嘉贝说。

"我知道那是杀生，但只有那腐烂的苹果，或许能清洗掉格勒郎嘉给我的痛苦。"

在众目睽睽之下，三郎措缓步走向玛尼堆。她取下腐烂的苹果，大嚼特嚼，露出一副饕餮之相。围观的人群鸦雀无声。西绕多吉率领那一群年轻人，接受了格桑喇嘛的摩顶加持，然后像一群出征的武士，踏着铿锵的步伐向着念青唐古拉山走去。他们答应，一旦找到红苹果，他们就重返毛卜拉。留在毛卜拉的妇孺老幼和寺院里的僧侣一直望着那一队年轻人的背影被念青唐古拉山的阴影吞没，才回过头来，发现阳光下的三郎措已经全身腐烂。从她身上发出的阵阵恶臭熏得人们头晕目眩。嘉贝想冲过去扶住三郎措。他想对她说:"如果你不嫌我年纪太小的话,我愿意作为你的爱人,和你一起慢慢烂掉。"

巴依老爷一把抱住嘉贝。

"我的孙子,腐烂会像麻风病一样传染的,"巴依老爷说,"自从你阿爸死了以后,我就指望着你继承通灵者的职业,为毛卜拉人预言未来。我可不想看到你变成一摊血水。"

"我不想预言未来,"嘉贝说,"我只想知道天上的星星究竟有多少颗。"

"你会知道的。"

"再也不会啦!"三郎措突然焦急地喊了起来,"哑巴族长都快要死啦!"

人们像从梦游中睡醒似的,突然想起了哑巴族长。那个被遗忘者的形象,像把刀子,扎进每个人的良心。

"原来,巴依老爷所说的'黑雨将至',指的正是哑巴族长的死。"格桑喇嘛一边说着这样的话,一边向村外跑去。在他身后,人们像一阵潮水。嘉贝像一条被潮水丢弃在沙滩上的鱼,留在原地,陪伴三郎措。

"也许我们俩可以一起离开这让人绝望的世界。"嘉贝说。

"这个世界虽然让我痛苦,但却从未让我绝望,"三郎措说,"等待吧,等到西绕多吉带着红苹果回来的时候,也许一切都会过去。"

那年春天的最后一场大雪像洗干净的羊毛,一连下了三天。通灵者巴依老爷在下雪的第一个晚上做梦,梦见哑巴族长骑着一头白鹿,飞离洁白的大地,消逝在布满星群的蓝天里。下雪的第二个晚上，嘉贝梦见一枝玫瑰从三郎措的生殖器里长出，整个毛卜拉都能嗅到那玫瑰的香味。下雪的第三个晚上，西绕多吉和那一群年轻人踩着雪橇，带着无数的红苹果回来了。最美丽的红苹果他们给了三郎措。三郎措小心翼翼地咬了一口那颗红苹果。所有人借助篝火，看到一只小白虫从留着牙印的果肉里钻出来。它舒展筋骨，吐丝织茧。这个过程耗去了整整一夜的时间。

待到天亮的时候，接连下了三天的雪停了。一抹橘红的朝阳从俄日朵峰顶投射过来，照耀着银器般明净的土地。三郎措手中的红苹果上，那枚丝茧迸裂。一只斑斓蝴蝶破茧而出。蝴蝶振动鳞翅，向着朝阳飞去。嘉贝在三郎措身旁嗅到一股红苹果的香味。那香味让他的骨骼宛如青稞，在身体里疯狂拔节。原本宽松的羊皮袍子，很快就被他茁壮成长的身体撑破。嘉贝的个头超过了村里最高大最勇猛的男人。西绕多吉赞美说："瞧啊，那英俊的小伙子，只有三郎措才有资格成为他的妻子。"

当格桑喇嘛引领印南寺的众僧侣为哑巴族长念起西藏度亡经的时候，三郎措的身体仿佛枯木逢春，开始长出花朵般鲜嫩的肌肤。她在西藏度亡经的诵经声里，变得一刻比一刻美丽。随着她身上的腐烂完全褪去，一个婴儿哑口无言地来到这阳光明媚的世界。接生婆在婴儿的屁股上连拍了几巴掌，仍然不见他发出一声哭啼。通灵者巴依老爷说："那个孩子，一定是哑巴族长的转生。"

那天下午，嘉贝和三郎措以及新诞的婴儿组建了一个家庭。嘉贝的祖父巴依老爷乐得合不拢嘴。他逢人便说："等那婴儿长大成人，他准会告诉大家天上的星星究竟有多少颗。"

十多年以后，会种苹果树的汉人翻过念青唐古拉山，来到毛卜拉。他们种植了遍地的苹果树，而且还建起了学校。从遥远的城市以援藏者的身份来到毛卜拉的年轻女老师，为毛卜拉的孩子们教会了加减乘除四项运算法则。等到三郎措的儿子掌握了二元一次方程，他就请求女老师告诉他，怎样才能计算出天上的星星究竟有多少颗。女老师的眼睛躲在厚厚的近视眼镜后面，像用望远镜看待一头恐龙那样看了他很长时间。

　　沮丧的孩子回到家里，向嘉贝提问："天上的星星有多少颗？"嘉贝惊奇地发现，这孩子对星星的秘密一无所知。从那以后，嘉贝开始无限惆怅地怀念起一个人来。他相信，如果那个人当年不被饿死，天上的星星究竟有多少颗，就不会是一个永难破解的谜。那个人会用他搓了一生的牛毛绳告诉人们这个谜的谜底。

# 养豹子的人

　　他雕刻的经咒发出光芒，即使在深深的夜里，人们一出门就能看得清清楚楚。他的歌声穿透了空气，直达雅拉雪山下广袤的毛卜拉大草原。

对发誓永远沉默的

那一位："偷听我的心。"[1]

——R.S. 托马斯《请求》

　　养豹子的人在俄日朵峰顶。每天早晨，无论风霜雪雨，还是旭日东升，他总会从破败的石头小屋里走出，爬上那块来自天空的陨石，上身赤裸，像个闭关苦修的瑜伽师，面朝西方，跏趺而坐。他那纷乱如荆棘的头发垂落在陨石上。如果有风吹起，他的头发会像奔驰之马的鬃毛一样，在空中飞扬。斑斓的豹子在他身边就着陨石

1　R.S. 托马斯：《R.S. 托马斯晚年诗选：1988—2000》，程佳译，重庆大学出版社，2014，第196页。

磨它的爪子，偶然会冲着天空打一个长长的哈欠或者嗥叫一声。豹子的嗥叫是那么尖利，似乎能将天空撕开一道裂缝。养豹子的人遥望山脚下沿河奔跑的小孩，想对他们说：不要害怕，孩子，这头豹子不会伤人。好几次，他都想喊出声来，意在提醒他们。不要害怕，这头豹子不会伤人。孩子们依旧在上学路上惊慌失措地奔跑起来。跑过木桥时，有人在慌乱中差点失足落水。他看着那些孩子，想要安慰几句，但他最终还是什么都没说。他那样子跟个哑巴没什么区别。天长日久，毛卜拉的人都以为他是个哑巴。这个缺陷使他收敛了语言的光芒，人们却并不因此忽略他的存在，相反，他是毛卜拉人日日面对但又不敢直视的人。他的身体被青藏高原由于海拔过高而格外加热的太阳晒出煤炭一样黑得发蓝的光芒。许多人清早起来，都不敢看一眼俄日朵峰顶那个养豹子的人。逐渐流行起来的迷信，使他们害怕他那黑得发蓝的光芒会将眼睛灼伤。每年的春秋两季，大雁在浩瀚的天空中沿着祖辈们踩踏而出的黄金般珍贵而又虚妄的路径，自由地迁徙。这是他最为忧伤的季节。他遥望天空，总是梦想着自己能够像大雁一样，借助一双翅膀，向着西部以西，翻越喜马拉雅，降落朝圣之地。许多年以来，他总是这个样子。他总是在春秋两季大雁飞行的日子又是流泪叹息，又是捶胸顿足。他那癫狂痴傻的样子，被雅拉雪山下半农半牧的藏人和骑着骆驼四处经商的回族穆斯林全都在望远镜里看得清清楚楚。唉，你看看那可怜的人啊，他终于发了疯。雅拉雪山下半农半牧的藏人总是这样说。过不了多久，那可怜的人会死，但我们却不能为他举行一个像样点的天葬仪式，因为我们都害怕那头豹子。命运总是一如既往地出人意料。养豹子的人捱过了大雁飞行的季节。在人们总是觉得他要死的时候，他却顽强地活了下来。倒是那头豹子，开始日渐一日地瘦弱下去。那是他养的第三头豹子。它来自原始森林。养豹子的人好像懂得野兽的语言，似乎他只用一种特殊的发音向着森林呼唤一声，豹子就会循声而来，做他忠实的侍卫，并在他饥饿的时候去森林里猎食。对于这件事，毛卜拉人一直都在猜测，但始终是一个谜。早先，毛卜拉人对他养的第一头豹子是这样猜测其来历的——他在草原上走着，看到一只被母豹遗弃的幼崽，于是就收养了它。那头幼豹跟他一起在流浪中长大。在它还很小的时候，他喂它食物，等到它长大了，它就为自己的主人去山里猎取鹿肉。这也就是养豹子的人走过那么多戈壁荒漠竟然奇迹般存活下来的原因。第一头豹子死亡的时候，毛卜拉人跟着养豹子的人一起伤心了很久。趁着第一头豹子刚死，一些好奇的人上到俄日朵峰顶，企图跟养豹子的人交谈几句。爬上冰川的时候，有人打赌说那个养豹子的人肯定是个哑巴。有人却说：怎么会呢，我曾看见他跟格桑仁波切说话来着。那一天大雪纷扬。他们陪着养豹子的人在陨石上坐到天黑。夜色愈来愈浓。他脸上条条刀疤闪着亮光。人们试着用各种方式逗他说话。自始至终，他一言不发。有几次，他张张嘴，表现出想要说话的样子。他的声带像是损坏了，只能发出模糊的咕哝声。由此证明，他确实是个哑巴。好奇的人们在养豹子的人面前肆无忌惮地说话。在打赌中输了的那些人懊恼不已。他们得为赌赢的人送去一只羊子。树叶一样的雪片在人们的喧闹声中无声无息地飘落。养豹子的人神情伤悲。他一遍遍抚摸豹子的皮毛。好奇的人们在离开俄日朵峰时，最后回眸，望了一眼那死去的豹子。他们永远不会忘记那头豹子活着时第一次出现在毛卜拉的情形。陨石降临震得地动山摇的那天傍晚，养豹子的人从雅拉雪山的边缘绕着原始森林走来，然后沿着雪山下的美玛措湖半月形的堤岸，一步一个等身长头，一直叩拜到毛卜拉。当时，毛卜拉没人注意到他，因为陨石飞来造成的震撼还在雅拉雪山的山谷里回响，并因此引发了一场雪崩。人们站在屋顶上看雪崩。那屹立百年刺破蓝天的白色山峰突然崩塌时的景象，让人心惊肉跳。接生婆根秋绒姆从仁珍德吉家跑出来，告诉她遇见的第一个人说，常年不孕的仁珍德吉生下了一颗拳头大的蛋。那颗蛋像磁铁一样把人们吸引到仁珍德吉家的院子里。院子里长着一棵石榴树。火红的石榴掉了一地。孩子们像秃鹫一样挤在石榴树上，伸长脖子，想要瞅一眼仁珍德吉下的蛋。那颗神奇的蛋将会耗去仁珍德吉的一生。但在那时，不管是仁珍德吉还是他的傻子丈夫，不管是印南寺以梦占卜的格桑仁波切还是年已过百历经沧桑的祖母阿依玛，谁都没意识到这颗蛋将会改变毛卜拉人的命运。一种神赐的喜悦冲昏了人们的头脑。仁珍德吉像只母鸡一样，趴在蛋上，渴望着孵出一个转世灵童。人们都说，我们毛卜拉好多年都没有一个大喇嘛出世了。

　　二十年时光荏苒，养豹子的人已为两头豹子举行了天葬仪式，而仁珍德吉还在那颗给她带来无限希望的蛋上趴着，须臾不曾离开，连吃喝拉撒睡都在蛋上解决。他的傻子丈夫整天忙得像只陀螺一样团团转。他不但要放牧牛羊种青稞还要伺候妻子的吃喝拉撒睡。这种艰难困苦的生活让他迅速衰老。在农忙季节，毛卜拉的乡亲们总会撇下自家的活计，帮他做点事情。这都是为了仁珍德吉的那颗蛋。大家说。说不定那颗蛋里蹦出来的果真是某位大喇嘛的转世灵童。那是一颗不会腐烂的蛋。毛卜拉的热心人茨仁措姆——在她成为寡妇之前，她的悭吝之名曾在好几十里外的地方传播——建议仁珍德吉打开那颗蛋看看，说不定能看见一个沉睡的婴儿。仁珍德吉和毛卜拉所有的人一样，绝不是喜欢冒险的人，她宁可在那颗给她无限希望的蛋上老死，也不愿将那个蛋敲开。她竭尽全力，想要孵出一个小孩。

多年以来，毛卜拉人的注意力就在这颗神奇的蛋和养豹子的人之间游移。当初要不是这颗神奇的蛋，毛卜拉人应该会提早看到养豹子的人出现在毛卜拉大草原。那时候，夜色凄迷，但七月的天空仍像一座玫瑰的花园，散发着太阳馈赠给那特殊一天的芬芳夕光。紫苜蓿上蝴蝶翻飞。色曲河中游鱼唼喋。牧羊人的马铃在草原上叮叮当当地响着。色曲河边的印南寺十个喇嘛在诵经，一个画匠在点灯。

挤在石榴树上的孩子们突然尖叫起来：看呐，一头豹子。格桑仁波切和祖母阿依玛留在仁珍德吉的房子里，其他人都从院子里走出来。他们顺着孩子们手指的方向望去，看到了美玛措湖边那个叩拜等身长头的人。他们以为紧跟在那人身后的是一头藏獒，因为那动物显得无比温顺。爱嚼舌根的小东西，再这样说谎，小心雷劈。人们骂着石榴树上的孩子。撒谎比杀生还要可恶，所以我们毛卜拉从不干这种事情。可是，对着三宝发誓，那真是一头豹子。孩子们说着话，纷纷从石榴树上跳下。人们皱眉远眺。果然，那是一头豹子，一头真正的豹子。它那细长的腰身一走一拧，彩色斑纹也就如同火焰，一明一灭。人们惊慌失措，逃进各自的家里，拴紧门闩，关上窗子。全村的狗猞猁狂吠，早已归巢的家鸽全都跳上房檐，咕咕嚷嚷地乱叫着。所有人家的公鸡像是突然被人拧紧了它们生物钟的发条，慌慌张张地打起鸣来，惹得俄日朵神山上的鹌鹑和野鸡跟着鸣叫起来。这奇异的傍晚感觉像是一个沸腾的早晨。人们躲在窗棂后面，密切关注那个叩拜等身长头的人和他的豹子。他在村口立着一座白塔长着一株核桃树的地方直起身子，打量这个有一座宁玛派寺院和四五十户人家的村子。他是那么高大，那么丑陋，仅以裹身的羊皮袍子，已经磨得千疮百孔，透出袍子下面磨损的肉和骨头。他是个怪物。毛卜拉的孩子们惊讶地叫了一声，然后又慌忙捂住嘴巴。养豹子的人自左向右，绕着白塔叩拜一圈等身长头。那头斑斓的豹子跟着他，亦步亦趋。他是个朝圣者。有人说。可他为什么不去拉萨朝圣呢？没人猜得出那个养豹子的人为什么要到毛卜拉来。自古以来，毛卜拉人都是去拉萨朝圣，返回时总会带来各种各样的消息。那个养豹子的人只是路过毛卜拉。有人说。明天他就会上路的，他只是累了，或者是饿了；他只是想在毛卜拉借宿一晚，等明早天一亮，他就会离开。至于那头豹子，人们就是想破了脑袋也不会想出它的来历。养豹子的人开始绕着印南寺叩拜等身长头的时候，月亮从俄日朵峰顶升起。那晚的月光照得毛卜拉跟云翳长空的白天一样。印南寺的喇嘛站在高高的房顶上，静悄悄地打量叩拜等身长头的人和他的豹子。他们谁也不敢走下去询问那个养豹子的人。后来，格桑仁波切和祖母阿依玛走出仁珍德吉家的院子。有人在房顶上提醒他俩注意：小心，印南寺的大门前有一头豹子。格桑仁波切和祖母阿依玛对于那颗蛋交换着彼此的意见。两位老人步履蹒跚，缓缓走在印南寺赭红色的院墙下面。拐过前面的墙角，就是印南寺的大门。在那儿，养豹子的人很快就会与两位老人相遇。我们应该举行一场祈祷的法事。格桑仁波切说。这不仅对仁珍德吉一家有好处，而且还会惠及整个毛卜拉草原。站在房顶上的喇嘛焦急地喊叫着：小心，墙角那儿有一头豹子。格桑仁波切冲着寺院的房顶挥挥手，让他们安静下来。祖母阿依玛对格桑仁波切的提议表示赞同。你就选一个吉祥的日子吧，仁波切。她说。喇嘛好久没做祈福的法事了。说这话的时候，格桑仁波切和祖母阿依玛已经走到墙角。墙角上，一只风铃当啷当啷地响着。养豹子的人也到了墙角。他看了一眼格桑仁波切，然后匍匐在地，久久没起来。他的豹子靠墙蹲下了身子。格桑仁波切扶起养豹子的人，为他摩顶加持。墙角上的风铃当啷当啷地响着。风随着意思在吹。毛卜拉人的耳朵里嗡嗡嗡嗡的，像是安装了一台带电的机器，这使他们有理由认为墙角上的风铃之所以当啷当啷地响着，是因为雪崩的巨响代替了风。

可怜的人啊，你从哪里来？格桑仁波切问道。你这又是要到哪里去？养豹子的人并未站直身子，而是双膝跪地。即使如此，他仍然显得非常高大。他的头几乎触到了格桑仁波切那雪一样白的胡子。他是那么高大，本来可以炫耀自己的傲慢，他却没那样做。他跪在地上，以便谦卑的形象让他看起来更像个朝圣者，而不像个流浪的艺人或者逃跑的囚犯。尊贵的仁波切，我从拉萨来。养豹子的人有一副金属般的好嗓音。我犯了罪，尊贵的仁波切，我只想对您发誓，从今往后，我再也不说一句话。养豹子的人垂下了沉重的头颅。他那马鬃般的长发盖住了那张极其丑陋的脸。有人在他跟格桑仁波切说话的时候，看见月光在他脸上照出好几道陈年的刀疤。那几道刀疤组成了一个藏文字。他的脸本来棱角分明，极其俊美，但刀疤毁了它。

你犯了什么罪？我的孩子？祖母阿依玛说。如果你是个无亲无故的人，我愿意当你的母亲，反正我已经收养了一百七十二个孤儿，再多一张嘴也不会让我穷到哪里去。养豹子的人不再言语。他扬起头，眼里的泪水在月光的照耀下闪烁不停。格桑仁波切再一次把右手按在他头顶，念了很长一段经文。他知道这个养豹子的人誓言既出，便不会再吐露一星半点的言词。藏人的性格历来如此。如果你想要独处，我倒有个好建议。格桑仁波切说。你看，在俄日朵神山的顶上，有个修行人的石屋子，我们印南寺好几位证得虹光身的大成就者，就是在那个石屋子里涅槃的，如果你愿意，你就住进去。养豹子的人望了一眼俄日朵峰顶，默默地点点头。随后，祖母阿依玛从印南寺取来糌粑和酥油茶还有一捆风干的生牛肉。养豹子的人把风干的生牛肉给了那头偎在脚边的豹子，自己就着酥油茶吃完半袋子糌粑。显然，他饿极了。吃喝完毕，养豹子的人对着格桑仁波切和祖母阿依玛各磕了一个等身长头，然后带着豹子向着俄日朵神山走去。毛卜拉人全都爬上房顶，目送养豹子的人在月光里远去。那时候，大家忘了去看陨石。等到第二天醒来，有人说应该去看看陨石，毕竟，在那特殊的一天，除了仁珍德吉生下一颗蛋，除了一位养豹子的人住在了俄日朵峰顶，从天空中飞来一颗大如屋顶的黑色石头而且那颗石头既未落在人的头上也没落在牲畜身上，这不能不算是个奇迹。

毛卜拉的年轻人穿上轻便皮靴，准备去俄日朵峰顶看看陨石。他们每个人的肩头扛着一根木杠，挂着一捆棕绳。如果可能，我们会把陨石从山上拖下来。大伙儿对老人们说。我们要把那颗陨石当作一份特殊的礼物献给格桑仁波切……想想吧，要是把这黑得发亮的陨石放在印南寺大佛殿的房顶，那该是一件多好的事情啊。小孩子连学也上不了了，吵吵嚷嚷着非要跟大人一起去看陨石。就在那时，金色朝阳从俄日朵峰顶冉冉升起。人们看见养豹子的人走出石头小屋，爬上陨石。他赤裸上身，像个闭关苦修的瑜伽师，面朝印度的方向，踟趺而坐。他那纷乱如荆棘般的头发垂落在陨石上。一阵风吹过，他的头发宛如奔驰之马的鬃毛，在空中飞飚。斑斓的豹子在他身边就着陨石磨它的爪子。它仰首向天，嗥叫一声。豹子的嗥叫是那么尖利，似乎能将霞光奔流的天空撕开一道裂缝。举着望远镜的人将这一切看得真真切切。有些人胆怯了。不过，毛卜拉历来都不怕死的勇士，因为这座村庄最早的开拓者和建设者是一支来自边境上的军队。吃完了早餐喝完了酒，毛卜拉的勇士们配上腰刀上了山。

养豹子的人一直坐在陨石上。他形销骨瘦。在雅拉雪山的映照下，那幅苦修者的剪影令人动容。如果一个人不是怀抱巨大的秘密，绝对不会像他这个样子。圣人，请看好您的豹子。毛卜拉的年轻人大老远就这样喊叫着。我们给您带来了糌粑，圣人，看在格桑仁波切和祖母阿依玛的面上，请看好您的豹子。养豹子的人走下陨石，躲进石屋子。那头斑斓的豹子跟着他，收敛了自己的行迹。毛卜拉的年轻人兴高采烈地攀缘而上。他们用额头和双手触摸陨石光滑的表面。来自宇宙深处的一丝凉意渗透他们的全身。他们仔细观察，看到陨石的形状像是一条盘伏的巨龙，龙头和龙尾连在了一起。他们跪在地上，向那龙形陨石磕了三个响头，然后，大家手忙脚乱地将陨石捆绑起来，接着试了试陨石的重量。

那陨石太重了。我们把它推下去吧。有人提议说。弄不好它会自个儿滚到印南寺。但谁又能保证它不会滚到色曲河对岸去呢。有人提出疑议。如果它滚到穆斯林的清真寺里那该怎么办。大家就此事商量了很久。抽了好几次鼻烟以后，大家觉得把陨石推下山去是唯一的选择，至于它将会滚到哪里，这事留待以后再说，毕竟，到了山下，与人打起交道来，总会容易一些。于是，大家齐心协力，肩扛，手推，同时还唱着劳动号子。

领唱：十枝一朵花呀；

合唱：花儿照呀，花儿照呀哎哎哟啊，高粱子花咳，高粱子花儿照呀上来了下去了呀。

领唱：采花儿采到；

合唱：花儿照呀，花儿照呀哎哎哟啊，高粱子花儿咳，高粱子花儿照呀上来了下去了呀……

陨石纹丝不动，像是生了根似的。整个上午，大家在俄日朵峰顶折腾着，直至精疲力竭。它本来就应该在这个地方。有人像醒悟了似的说。就像我们毛卜拉人注定了要在这片与世隔绝的土地上生老病死，这块离开天空的陨石本来就应该在这个地方。如此一说，大家便都垂头丧气地下了山。走过石屋子时，他们还把耳朵贴在墙壁上，想要听听养豹子的人会不会自言自语。他是个怪人。豹子发出一阵阵低沉而令人心悸的喉音。他们吓得落荒而逃。从那以后，没人再去俄日朵峰顶。人们日日仰望陨石和那陨石上养豹子的人。

这么多年来，大家对养豹子的人感到非常好奇，对他的身世却一无所知。在一些轻松愉快的场合，大家也曾问过格桑仁波切。格桑仁波切只说：他是个好人。祖母阿依玛的回答有些复杂，但和格桑仁波切的意思一样。她说：当我们藏人抛弃了佛菩萨的训诲，腐化堕落的时候，他是个难得一见的好人。大家期待着祖母阿依玛将格桑仁波切与养豹子的人在那个陨石飞临的傍晚相互说出的话透露出来。祖母阿依玛什么都没说。直到她去世的那一天——虽然养豹子的人已经死去好几年了——她仍然是什么都没说。有一段时间，大家寄希望于那位从北京来的志愿者。他一到毛卜拉，就对养豹子的人产生了浓厚的兴趣。他去县城的网吧上网搜索历史资料，又与拉萨的朋友联系，请他们说出民间流传的各种故事。他在寻找蛛丝马迹。当这一切均告失败以后，他在一个九月的早晨亲自上山，想与养豹子的人好好交谈一番。那时候，养豹子的人养成了一边在陨石上雕刻经咒一边唱歌的习惯。他雕刻的经咒发出光芒，即使在深深的夜里，人们一出门就能看得清清楚楚。他的歌声穿透了空气，直达雅拉雪山下广袤的毛卜拉大草原。但是，他唱出的歌词晦涩，连印南寺学问最深的格桑仁波切都听不出是什么意思。每天黄昏，他都会久久地仰望虚空，直到夜色弥漫。他的身体变得越来越虚弱。雅拉雪山下的人们看见他在清晨像只蜗牛一样缓缓爬上陨石，而在傍晚，他则如快要病倒的样子，哆哆嗦嗦地从陨石上爬下来。看来，他离死亡的日子不远了。志愿者决心攀登俄日朵峰，要与养豹子的人倾心交谈的举动，引起了人们浓厚的兴趣。

在那个九月的早晨，毛卜拉人望着志愿者攀上冰川，一点一点接近俄日朵峰。在他的头顶，绵延至于远方最终消失于汉人的城镇与军营的雅拉雪山一如巨大的白色旗帜招展在无垠的蓝天下。突然，陨石上的豹子冲着天空嗥叫一声。雅拉雪山的白色旗帜微微颤栗，仿佛受到了风的轻轻一击。雪崩暴发了。毛卜拉人透过望远镜，看到养豹子的人和他屁股下的陨石剧烈地晃动着，在雪崩的裹挟下，向着半山腰的冰川滚去。白色雪雾迅速蒙覆了闪闪发光的冰川。养豹子的人和志愿者一起在雪雾中消失。等到雪雾散尽，一缕彩虹悬挂在俄日朵峰顶。毛卜拉人看到陨石继续滚动，从冰川上滚落而下，掉进色曲河。毛卜拉人组织了营救队，去冰川上搜救志愿者和那个养豹子的人。人们在彩虹的照耀下，踏着五彩缤纷的雪原和冰川，搜救了十一天。彩虹消失了。最终，他们一无所获。他们只看见一头斑斓的豹子在冰川上追随彩虹的最后一丝光线，一闪即逝，没入莽莽苍苍的原始森林。

从那以后，毛卜拉人养成了每天早起朝拜俄日朵神山的风俗。在日日沿袭的朝拜仪式中，即使谁也不说话，大家也都知道彼此的心里很难受。如此过了好多年，当毛卜拉的一代老人——包括格桑仁波切和祖母阿依玛——相继谢世以后，人们也就不再说起那个养豹子的人了。在一天比一天让人沮丧的日子里，仁珍德吉肚子底下那颗老是孵不出转世灵童的蛋越来越让人揪心。由于人们不再说起那个养豹子的人，所以，当又一个志愿者——听说他是个诗人——来到毛卜拉时，他就只知道村里有个精神失常的女人整天趴在一颗蛋上，而不知曾经有个极其神秘的人养过三头豹子并在俄日朵峰顶生活了将近半个世纪。即使毛卜拉人向他提起那个养豹子的人，估计他也会一笑置之，认为这又是祖祖辈辈生活在神话思维中的藏人编造的一个传奇故事，因为你知道，每一个来自都市的人，包括你，还有你那位朋友，那位常来毛卜拉登山的汉族女人，都是吃着唯物主义的口粮长大的，你们怎么会相信一个哑巴能够驯服豹子呢？你们怎么会相信人间的奇迹和神灵的启示呢？

# 你会看见龙石在跳舞

　　他梦见色曲河汹涌澎湃，一如万马奔腾，冲决了河岸。他梦见色曲河上印满神灵的足迹，而索菲娅日日观望的龙石从河中跃起，在空中跳舞，被龙石带起的鱼群，围绕龙石舞蹈，鼓动双鳍，热烈飞翔，像晨曦中觅食的鸟儿一样。

因为你是

生命是

因为你是


世界就是这样告终的

世界就是这样告终的

世界就是这样告终的

不是砰地一声而是一声抽泣 [1]


——T.S.艾略特（T.S.Eliot）《空心人》

---

1　T.S.艾略特：《荒原——T.S.艾略特诗选》，赵萝蕤译，北京燕山出版社，2006，第82页。

你准会看见那块龙石在跳舞，唯色，我骗你就是小狗，等月亮爬上俄日朵神山，河流就会被月亮烤干，龙石就会在河床上跳舞，你准会看见的，相信我吧，唯色，这个秘密我只能告诉你一个人。回族姑娘索菲娅凝视着色曲河，用她早已习惯的那种亲戚对亲戚的语气跟他说。这可是个真正的秘密，唯色，请你千万千万不要告诉别人，不然的话，我就得死。

唯色一手挽着红鬃马的牛皮缰绳，一手揉着被风吹疼的眼睛，站在岸边的核桃树下，一会儿瞅瞅索菲娅，一会儿又瞅瞅夜幕沉落的色曲河。核桃树上落满了从禽语者根秋多吉的家里逃出来的鹦鹉。如果是在白天，那些鹦鹉远看起来，像极了风吹便摇的累累果实。此刻的索菲娅比她飘飘荡荡的声音还要虚幻，而色曲河仿佛一截被火车的铁轮磨出黑色光芒的钢轨，静静地躺在宽阔的河床里。唯色听见河流迟钝的喘息划割着凝重的夜色。每个六月，在日落与月出的这段时间里，总有一种神秘的光线像小兽的呼吸一般追随松树与矢车菊的清香在空气中隐隐浮动。生在六月之夜的唯色，凭着本能就能感知这稍纵即逝的光线。他是在这样的光线中孕育又在这样的光线中诞生的，一个西藏的孩子，因此，印南寺的格桑仁波切为他取名叫唯色。唯色，藏语中就是光的意思。同样是本能使然，他喜欢在这种光线中挽辔徐行，并在行走中思索一些有关宇宙和灵魂以及生存与死亡的问题。他喜欢在愈来愈静的夜里一边走路一边聆听这神秘的光线在星星的羽毛与萤火虫的叹息之间以及蝴蝶栖息的麦芒与神灵漫步的河面之上自由穿梭的声音。也许所有的牧人都是这个样子。唯色曾为自己的这种癖好寻找过借口。我的阿爷，还有我的阿爸，许多年来，从未改变过在这神秘光线里独自走路的习惯，印南寺的喇嘛们对我说，正是这神秘的光线，将牧人沉重的肉体一点点打磨成轻盈盈的灵魂，任其自由自在地，在雅拉雪山和毛卜拉草原以及村庄和绕村流过的色曲河上翩翩飞翔。唯色记得，祖父临终前，一再祈求印南寺的格桑仁波切趁着太阳已落而月亮将出的时刻，将他水葬在色曲河。这个时刻的光线适合灵魂的旅行。祖父对格桑仁波切说。否则的话，我会在轮回的旅途中变成一条鱼。索菲娅对唯色的这种说法不以为然。她像个洞悉万物的女巫一般告诉唯色，凡是生活在色曲河两岸的居民都会为这种神秘的光线深深着迷，因为这是龙石将要醒来的讯息。

　　那是个六月将尽的黄昏，索菲娅第一次提到龙石的秘密。她要求唯色无论如何应该陪她到长着核桃树的岸边去看看，以此证明她以前是如今也是而且将来永远是一个诚实的穆斯林。你准会看到龙石在月光里跳舞，唯色，我骗你就是小狗。索菲娅一本正经地说。我那活着时爱唱一首花儿死去时爱托一个梦儿的阿妈，说她跟你们藏人一样，在真神安拉的授意下，投生转世变成了一条鱼，因为鱼和人和鸟和其他万物一样，都是真神安拉显现在人间的幻影，如今，她生活在龙石下面的一个漩涡里，每当龙石跳舞的夜晚，她和其他许许多多一起生活的鱼就被龙石带出水面，在月光里飞翔，等到月光的潮水缓缓退去，疲惫不堪的鱼群才能跟随龙石重返河流，长此以往，我的阿妈总是担心自己的双鳍终有一天会变成翅膀，对于一条鱼来说，长出一双翅膀其实并不是一件好事，尤其是像我阿妈那样的一条鱼，在她还是人的年代，生活中任何一次突如其来的变化都会让她觉得真神安拉正在离她而去，魔鬼撒旦则会趁虚而入，挨紧她的身体，那时候，我阿妈老说，每一次出其不意的变化都是一种堕落，一种罪，不幸的是，在她生而为人的时代，太多的堕落，太多的罪，在她的身体里层层累积，让她偏离了受佑助的路，从而走向受谴怒者的路和迷误者的路，最后定居于动荡不定的河流。

索菲娅说完这些话，眼巴巴瞅着唯色，同时还把食指伸进嘴里使劲吮着，好像那食指是一个塑胶做的婴儿奶嘴。每次沉思，索菲娅都是这个样子。这让她看起来像个永远长不大且又迷途难返的孩子。唯色看见红色纱巾裹在她头发蓬乱的脑袋上，被风的吹拂弄成一团癫狂的火焰。可怜的索菲娅，我问过尊贵的格桑仁波切，他说世上根本就没有什么龙石。唯色挽着红鬃马的牛皮缰绳，用那种少年老成的语气在说话。根本就没有什么龙石在河床上跳舞，可怜的索菲娅，你整个晚上都坐在岸边看河，河看着看着就远了，就像时间，让你的眼睛看着看着就给看花了。

说话之间，唯色牵马走过小桥。他要到河对岸的草原上看看吃夜草的畜群。阿爸去拉萨朝圣还未回来，阿妈又在照顾生病的祖母阿依玛。毫无疑问，如果这位百岁老人愿意，她的心肺肝脾肾以及血液与眼角膜都可以捐献出来，让那些罹患重病的人获得新生。乡卫生院的聋子医生诊断过病情以后，说出了这句令他自己也吃惊不小的话语。他还说，祖母阿依玛如此健康，任何一种疾病都不可能将她击倒，所以，给她吃药无异于投羊以肉。但是，祖母阿依玛确实病了。她的身体每天都在缩小。在聋子医生说出这番话语后的半年时间里，祖母阿依玛越缩越小，如今，她就跟一只刚刚啄破蛋壳的雏燕一样，只需一个酒盅，就能装进她的整个身体。

这是个神奇得让人发疯的夏天。唯色离开阿干镇中学辍学回到家里，从早忙到晚，根本就没有时间也没有心情停下来听一听索菲娅究竟还能说些什么更加离奇古怪的事情。以前上小学的时候，唯色倒是有时间也有心情聆听索菲娅喋喋不休的故事。她经常说起每个穆斯林无比挚爱的先知穆罕默德。他总是沉思默想，总是在沙漠深处斋戒和祈祷，有一次，他在麦加城外的山洞里祷告时，大天使加百利为他带来了《古兰经》神圣的第一段启示……

小学毕业的那年夏天，索菲娅辍学了。唯色在开学前的一个傍晚骑着红鬃马走过小桥，来到穆斯林居住的村庄。他想问问索菲娅还想不想和他一起去上学。不去了，唯色，我再也不想上学了。索菲娅在他家门前的石榴树下咀嚼着石榴花的花瓣，仰着头对马背上的唯色说。我只想到河边观看龙石跳舞，有好几次，我还差点听到龙石在唱歌。

从那以后，唯色经常看见索菲娅在色曲河两岸低头寻找着什么。毛卜拉的藏人都说，那是个发了疯的回族姑娘。哦，菩萨保佑，让那可怜的姑娘别再发疯了。唯色不相信索菲娅发了疯。一个下雨的黄昏，唯色把牦牛赶进牛栏，把羊群赶进羊圈，再把牧羊犬拴在家门前的柳树上，然后，他披着一条羊毛毡骑上红鬃马去色曲河的岸边寻找索菲娅。快到北山林场的时候，他看见那棵落满鹦鹉的核桃树下徘徊着湿漉漉的索菲娅。她头顶的红色纱巾宛若永不熄灭的火焰在雨中燃烧。你到底在寻找什么,可怜的索菲娅?唯色一边在核桃树上拴马,一边喊道。嘘——索菲娅用食指压着嘴唇,转头看看周围没有别人,才趴在唯色的肩膀上对着他的耳朵压低了嗓门说起话来。我在寻找龙石,唯色,一块能在月光里跳舞的龙石,一连好几个晚上,我阿妈都来托梦给我,说色曲河里有一块龙石带着她在月光里跳舞。停顿了好一会儿,见唯色对这个话题毫无兴趣,索菲娅又一次趴在唯色的肩膀上对着他的耳朵轻声细语。这可是个秘密,唯色,一个真正的秘密,请你千万千万不要告诉别人,不然的话,我就得死。

　　牛毛细雨下得无声无息。唯色陪着索菲娅在核桃树下看着翻滚的河流滔滔不绝地奔向雅拉雪山消失的地方。他们缄口不语,只是望着河流出神。河望着望着就远了。后来,穆斯林居住的村庄里响起了日落礼拜的唱经声,而在藏人居住的毛卜拉,召唤转经者的海螺号正被喇嘛吹起。我的祖母死了,索菲娅。唯色说。我不得不骑马走上十里地去色曲河的上游参加她的水葬仪式。祖母阿依玛临终前用她那小鸟般柔弱的声音祈求格桑仁波切:请不要把我装在宝瓶里任人观摩,我全心依怙的金刚上师,他们远道而来为的是满足虚荣和好奇,而不是洗净心灵听从菩萨的启示;请不要把我埋进坟墓,我信靠一生的金刚上师,我的灵魂在地层下会感到窒息;我只愿循着六月傍晚的神秘之光,溯源而行。

　　唯色一经想起祖母阿依玛临终前的这些话语,便率先打破沉默,望着河水开始说话。我不能再陪你了,索菲娅,明天早上我还得赶去拉萨,我的阿爸让人从拉萨捎来一封信,说他本来想死在拉萨，因为癌症一直在折磨他，但他转变了想法，想要他唯一的儿子把带他回毛卜拉。索菲娅黯然神伤。本来，她有足够的理由可以幸福地等待这个被人陪伴的夜晚迅速到来。她不用担心月亮会不会照常升起，甚至不用担心蛰伏在河流里的龙石会不会跳起舞来。再等等吧，唯色，雨停了，月亮很快就会爬上俄日朵神山。索菲娅用乞求的口气说。你准会看见我常常说起的那块龙石在河床上跳舞。可是唯色不能再陪她了。他拍拍索菲娅瘦削的肩膀，站起身来，解下核桃树上的马缰绳。但愿我能看到你恢复健康，索菲娅。唯色骑上马，转过头来看着索菲娅的眼睛说。等我从拉萨回来，我还会来看你。随即，色曲河的石子路上响起一阵踢踢踏踏的马蹄声。

索菲娅怔怔地望着骑手远去的背影。那背影宛若苍白的歌声。一束神秘的光芒从苍色天穹投射而来，照在骑手的背影上，使其显得虚无缥缈。蹄声散尽。索菲娅转过头来，注视着起伏不定的河面。她等待着月亮爬上俄日朵神山的山顶。不久，龙石将在月光里跳舞。她突然感到一股悲伤的风在她的身体里吹。她无声地哭泣。从她内心深处的沼泽里翻腾起一股腐朽的鬼魅般的声音。那声音对她说，索菲娅，你就这样绝望吧，因为你再也见不到唯色了。就在那时，禽语者根秋多吉在他家门口拦住了唯色的红鬃马。他叉着腿站在马脖子下面，右手抓着马辔头，左手按着腰带上的刀子。那刀子的刀鞘上镶着三颗绿松石。那刀子的刀柄上裹着一层银。禽语者根秋多吉的鼻孔里喷出一股能把人熏翻的酒气。你得告诉那个疯姑娘，唯色，如果她再偷我的鹦鹉，我一定会杀了她。禽语者根秋多吉气呼呼地说着话，同时松开右手，像个屠夫一样，做了一个宰杀的动作。红鬃马被他吓得扬起了前蹄。唯色差点儿从马背上摔了下来。挂在门前空地上那像鸡棚一样的鸟笼里，七只鹦鹉吓得闭嘴不言。禽语者根秋多吉的傻儿子在鸟笼里酣然入睡。就在刚才，那七只鹦鹉还说着一些令人费解的事情。你得对她说清楚，唯色，别再用她那穆斯林的咒语召唤我的鹦鹉了。禽语者根秋多吉接着说。我那些鹦鹉本来是要卖给军人的，你知道吗，唯色，那些鹦鹉能帮军人刺探情报，而我得靠那些鹦鹉治疗我老婆孩子的病，你又不是不了解我家的情况，唯色，我老婆瘫痪了，我的两个女儿只吃金箔不吃粮食，而我唯一的儿子又是个傻子。

六月傍晚的神秘之光掠过苍穹，像一道皮鞭，抽打着毛卜拉草原上欣欣向荣的马兰。唯色夹紧双腿，以防红鬃马再次扬起前蹄。你再别瞎猜了，根秋多吉，索菲娅根本就不懂什么召唤鹦鹉的咒语。唯色用他那少年老成的语气说。她只是出现了幻觉，仅此而已，我觉得这很好理解，也值得同情，因为她母亲的突然去世给了她一个沉重的打击。唯色脚踩马镫踢了一下马肚子。红鬃马一扬头，猛跑起来。在他身后，传来根秋多吉的吼叫声。啊唷，唯色，你这被谎言腐蚀了骨头的小杂种，我知道那疯姑娘每天晚上都在干什么，我全都知道，别忘了，连鹦鹉的咳嗽我都能听出其中的含义……

唯色纵马奔驰。他想掉转马头给禽语者根秋多吉一个重要的提示。他得对禽语者根秋多吉说：别再为军人卖命了，根秋多吉，别再把你的勇气和智慧用在遭报应的事情上去，你的心里得有格桑仁波切的训诫才行。在日落与月出之际，自宇宙深处诞生的神秘之光渗透了唯色的身体。他觉得自己轻盈盈的，克服了地球引力，几乎要携带着跨下的红鬃马飞将起来。即使如此，他还是没赶得上为祖母阿依玛送行。她已经走了，唯色，我们把她放进河流，原以为她会沉入河底，没想到她竟然漂在水面上，像蝴蝶的翅膀一样。格桑仁波切对纵马跃上河岸的唯色说。你的祖母阿依玛所言不虚，唯色，她果然是在溯源而行。唯色跪在格桑仁波切的脚边，磕了一个头，然后，他骑上红鬃马，沿着河岸奔驰。那天晚上，红鬃马在月光下奔跑了整整一夜。唯色的目光在河面上搜索。他看到一些鬼魂在河面上跳舞，伴以凌乱的歌谣。他还看到神灵在河面上消逝，留下清晰的足迹，只是，只是没有祖母阿依玛那微小如雏燕般的身影。曙光乍现。红鬃马被一块冒出地面的树根一绊。它跌倒在地，全身抽搐，喉咙里发出粗重如石头般的呼吸。从马背上摔落的唯色躺在乱石堆里。他的腿在流血。他感觉不到右腿胫骨骨折的疼痛。他只听见索菲娅曾经说过的一句话在他耳边萦绕。你心爱的红鬃马注定了要在奔跑中死去，就像一个流浪歌手，注定了要在路上的歌声中触摸转瞬即逝的爱情。唯色躺了很久。他聆听着全身的血液汩汩奔向右腿上的伤口，仿佛在聆听一首远古的歌谣。沉沉睡意向他袭来。不计其数的秃鹫仿佛是从阳光中诞生的一样，收拢了翅膀，俯冲而下，停落在红鬃马的尸体上。

如果不是一只秃鹫撕扯他胫骨上的肉，也许他会永久地睡去。他挣扎着站起来，摇摇晃晃的，像一个稻草人，赶走了秃鹫。费了很大的劲，一点一点地，他把红鬃马推进河流。红鬃马顺河漂流。

它越漂越远，越漂越大。唯色迷惑地站在岸边，凝视着红鬃马停顿在水天相接的地方。在暧昧烟云里，红鬃马变得像一艘采金船。

唯色一瘸一拐，走了大半天，终于找到了公路。一辆长途班车把他带向拉萨。一年后的萨噶达瓦节吉祥月到来时，唯色背着一具尸体回到了毛卜拉。那是他父亲的尸体。他那因癌症而死的父亲，不愿意留在拉萨，而是一心一意要回到毛卜拉被自己的儿子剁成碎块并在格桑仁波切的诵经声中水葬于色曲河。我要让自己的死亡成为一次清澈的旅行，儿子。唯色的父亲临死前留下这样的遗嘱。儿子，等你死了，你也应该这样。可是，色曲河消失了，曾经像彩虹一样美丽的色曲河消失了。唯色背着父亲的尸体从长途班车上下来。天空中飘着蒙蒙细雨。他一瘸一拐地走过湿漉漉的木桥，看到乱石遍布的河床上满是鱼骨。正是太阳已落而月亮将升的时刻。一道神秘的光芒掠过雅拉雪山和雪山下的美玛措湖，穿透了毛卜拉。唯色踉跄在村庄小路上。没有鸡鸣，没有犬吠，没有羊的咩咩叫，没有牛的哞哞声，也没有牧人晚归的歌。倾圮的墙垣，倒塌的房屋。整个村庄宛若废墟。唯色来到自家门前。门洞敞开着，他接连叫了好几声阿妈阿妈阿妈，里面却无人应答。唯色走进院子。院子里老鼠成灾。那些老鼠会把一个活人吃掉。唯色依旧背着父亲的尸体，在村子里寻找可以问话的人。他走过印南寺。显然，印南寺毁于一场大火。到底发生了什么？唯色放下父亲的尸体。他多么希望父亲能够开口说话呀。如果父亲活着，他肯定知道毛卜拉发生了什么。

唯色边想边走。他看见禽语者根秋多吉搬动大如鸡棚的鹦鹦笼子，放上拖拉机，一副要出远门的样子。他的傻儿子睡在鸟笼里，脸上满是鸟屎。禽语者根秋多吉是唯色在毛卜拉看见的第一个活人。接着，禽语者根秋多吉瘫痪多年的妻子被两个女儿抬着，从门洞里走出来。那两个女儿长期以金箔为食。她们的皮肤散发着金色的光芒，像是满身披挂的夏日阳光。雨越下越大。喂，根秋多吉，请告诉我，我的阿妈去了哪里？唯色冲着禽语者根秋多吉喊道。喂，根秋多吉，你得告诉我，毛卜拉发生了什么？禽语者根秋多吉发动了拖拉机。突突突突突……你去问核桃树上的那只鹦鹉吧，可恶的畜生，它逃出这只笼子，已经半年没回家了。禽语者根秋多吉说完话，突突突突地开着拖拉机走了。唯色背着父亲的尸体走出村庄，在河岸上走了很久。六月的河岸多么荒凉。后来，唯色看到了那棵核桃树。一只鹦鹉在核桃树最顶端的枝条上站着。它不停地喊叫着一个名字：索菲娅……索菲娅……

河岸上没有索菲娅。唯色举目望去，只见石头遍布的河床上满是鱼骨。一群农民在河床上挖掘一块石头。那石头远看起来巨大如船。唯色把父亲的尸体放在核桃树下，然后冒雨走过河床。他无需再绕远路走那座木桥了。很快，唯色来到穆斯林居住的村庄。对着迎头遇见的老人，他学着穆斯林见面时常说的问候语，说了一声：色俩目。请您告诉我，索菲娅在哪里？唯色恭恭敬敬地问道。如果愿意的话，请您再告诉我，藏人居住的村庄里到底发生了什么？老人捋着山羊胡子，摇摇头说，哦，孩子，我是个走亲戚的人，自从我来到这里，我就从来没听说过一个叫索菲娅的姑娘；至于你们藏人居住的村庄嘛，倒是有过一场火灾，这里的穆斯林都说，那火来自暴雨中的闪电……

唯色伤心欲绝。他跳下河床，踩着石头和鱼骨，来到那群挖掘石头的穆斯林跟前。那石头黑如煤炭，深陷在厚厚的淤泥中，露出淤泥的轮廓就像一条首尾相接的龙。也许索菲娅看见的就是这块石头。石头上的低凹处积存着清澈的河水。一条鱼在水中游弋。也许，那条鱼就是索菲娅死去的母亲。善良的人们，你们能否告诉我，这块石头是怎么发现的？唯色问道。你们能否告诉我，我们毛卜拉到底发生了什么？

无人回答。他们连看都不看一眼站在河床上的瘸腿少年。唯色有些尴尬。他歪了歪脑袋，不知道该不该提高嗓门再问问他们。这时候，有位中年男子开口了。去问问核桃树上的那只鹦鹉吧，它比我们更清楚。唯色说了声谢谢，然后缓缓转身，向河岸上的核桃树走去。在他身后，传来一阵窃窃私语。唯色想听听他们究竟在说什么，可是雨却突然大了起来。唯色来到核桃树下。他父亲的尸体已经被雨淋湿。核桃树上的虎皮鹦鹉说：杀掉这疯姑娘，然后又说：不然的话，别人会知道的。

唯色仰头望着树梢上的虎皮鹦鹉。虎皮鹦鹉停止说话。它脚抓树梢，连翻三个筋斗。鹦鹉鹦鹉，请你告诉我，毛卜拉到底发生了什么。唯色大声问道。请你告诉我，索菲娅去了哪里？核桃树上久久没有回音。到处都是杀杀杀杀的雨声。鹦鹉扑楞楞一声，飞走了。它向着北山林场飞去。青青的核桃落了一地。

从那以后，唯色再也没见到过那只虎皮鹦鹉。他背起父亲的尸体，一边哭着，一边向色曲河的上游走去。他不知道哭泣是为了什么。他只知道有一种酸楚的滋味在心里翻腾。天色阴沉。雨越下越大。他走了很久，很久。天黑的时候，他仍在行走。他不相信连河流的源头都会枯竭。

在这大雨如注的夜里，唯色一再想起父亲的音容笑貌。这也许是父亲的尸体变得越来越沉的缘故。唯色歇了好几回。恍惚之中，他觉得自己可能会累死在回家的路上。好大的雨啊！他多想在这阴雨绵绵的夜晚睡在暖烘烘的被窝里。他多想即刻死去，不再忍受这痛苦的折磨。暗淡的曙光终于照亮了飞翔的雨点。一种虚弱像空气一样注入唯色的身体。扑通一声，他摔倒在地。他梦见色曲河汹涌澎湃，一如万马奔腾，冲决了河岸。他梦见色曲河上印满神灵的足迹，而索菲娅日日观望的龙石从河中跃起，在空中跳舞，被龙石带起的鱼群，围绕龙石舞蹈，鼓动双鳍，热烈飞翔，像晨曦中觅食的鸟儿一样。

唯色背起父亲的尸体，一瘸一拐，向着俄日朵神山走去。好大的雨啊！神山顶上，有一座天葬台。唯色又饿又累，好几次都差点晕过去。他咬牙坚持着。薄暮时分，唯色终于攀上天葬台。无数秃鹫蹲在岩石上歇息。它们收拢的翅膀湿漉漉拖在身后。唯色抽出腰刀，一边念诵六字真言，一边慢慢肢解父亲的尸体。雨水混合着汗水混合着泪水一度迷蒙了他的眼睛。那天夜里，唯色不知道自己是怎么走下俄日朵神山的。在一种半昏迷的状态中，他听到有人一直在低声细语。你准会看见那块龙石在跳舞，唯色，我骗你就是小狗，等月亮爬上俄日朵神山，河流就会被月亮烤干，龙石就会在河床上跳舞，你准会看见的，相信我吧，唯色，这个秘密我只能告诉你一个人。那声音仿佛来自天上，又像来自地下。这可是个真正的秘密，唯色，请你千万千万不要告诉别人，不然的话，我就得死。

　　天亮时，唯色醒了。他发现自己躺在家里积满尘土的石板床上。吱吱乱叫的老鼠在他身上跳来蹿去。他头疼欲裂，身子烫得跟火炉一样。他不知道是谁在他身上盖了一块氆氇。窗外传来急骤的雨声。雨声中，夹杂隐约的鼓声、铙钹声和海螺号的声音。唯色挣扎着起身。成群的老鼠吱吱乱叫着从他的身上跳开。他推门而出，看到地上的积水快要灌进房子里来了。循着鼓声、铙钹声和海螺号的声音，唯色一瘸一拐地向着印南寺走去。在印南寺正在修建的诵经殿前那块宽阔的空地上，一块巨大的石头刻满闪闪发光的经咒，其形状如一条盘伏的巨龙。石头上落满人们抛上去的五色哈达。有人围绕石头一圈圈行走，嘴里念着佛经。有人一次次匍匐在水泊中，向着石头叩拜。

　　唯色头脑昏沉，浑身虚弱。他跌倒在地，又一次昏睡过去。他听见有人俯在耳边对他悄声细语。你准会看见那块龙石在跳舞，唯色，我骗你就是小狗，等月亮爬上俄日朵神山，河流很快就会被月亮烤干，龙石很快就会在河床上跳舞，你准会看见的，相信我吧，唯色，这个秘密我只能告诉你一个人……

　　唯色醒来时，天色向晚，玫瑰色的云朵任自舒卷。黑色箭镞一般射向地面的雨点已经消散。轰隆隆的河流在远方奔流。久违了的河流。在一道神秘之光的照耀下，他看见诵经殿前的龙石蠢蠢欲动。他还看见一条飞翔的鱼围绕着龙石上下扶摇。这是幻觉。唯色对自己说。毫无疑问，这一切都是幻觉。在太阳已落月亮将起的时刻，总有一种神秘的光芒容易使人的大脑幻影重重。况且，我又在发烧。唯色自言自语地说。可是，谁又能说那涌上毛卜拉大草原的洪水不是色曲河的泛滥；谁又能说，即使洪水滔天，但那神圣之人留在河流上的脚印仅是幻觉使然。

# 乌喇嘛显灵的日子

有一天，祖母阿依玛问你在监狱到底怕不怕……你
还记得你是怎么回答的吗？少年哪吒停顿了一会儿，像
是在搜索准确的词句。你说：只有一件事，我很害怕……
我很害怕自己会失去对人的慈悲。

那些先知的，会因这嫉妒

他们，因为他们爱

这恐惧，地狱的阴影。

可是他们被

一个纯洁的命运追赶

开启着

大地的圣席。[1]


——荷尔德林《提埝岛》


这倒霉的风刮了多久了? 少年的继母坐在灶台前的小板凳上拨

---

1　荷尔德林:《荷尔德林后期诗歌》，刘皓明译，华东师范大学出版社，2009，第516页。

弄着灶灰，漫不经心地问了这么一句。她问话的时候连头都没抬，这让人觉得她不是在问屋子里的人而是在向灶洞里哔剥作响的火焰发问或者是在问她自己。她好像在梦里。这使她身边的空气都变得凝固起来。屋子里的每个人都用沉默作为回答。

　　少年的父亲在房子中央挖了很久的水井，此刻正半躺在土堆上呜呜咽咽吹奏一杆鹰笛。笛声可以证明，他有满腹心事。少年那两个瘦骨嶙峋的妹妹永不疲倦地玩着掷羊骨的游戏。如果不是风的狂啸和风中鹰隼的嘶鸣以及狂风挟裹着石头击打门窗的乒乓声不停地灌进房子，这一刻应该有种意想不到的寂静。隐隐约约的，少年似乎触到了寂静那小兽般毛茸茸的轮廓。可是，风还在吹。风如酒鬼，哐啷哐啷摇大门。少年的祖父——一个曾经当过土匪的人——吧唧吧唧抽旱烟。在颤抖着手划燃一根火柴并将铜烟锅里的旱烟点燃之前，他一直扯着嗓子骂人。他骂少年的祖母是个老不死的瞎老婆子，又骂自己的儿子是个驴日的败家子，还骂少年的继母是个连种马都不放过的婊子，接着又骂村里每一个与他有过节的仇人。你们这些人渣，应该被这场大风吹进地狱。整个世界都与油老爷有仇。他那喷溅着焦糊味和腥臭味的咒骂声响彻屋宇。少年捏了两个棉花团塞住耳朵眼又用两棒卷纸塞住鼻孔然后心惊胆战地睡了又醒醒了又睡，其间只吃过一顿酸菜拌土豆的粗饭。他甚至都没弄清楚那是一顿早餐还是一顿晚餐。后来，饥饿将他从泥沼般的时间里唤醒。为了弄清楚继母在炉灶里烤的土豆和麻雀是否已经熟了，少年摘下鼻孔里的纸棒。于是，他听见继母在问话。这倒霉的大风还要刮多久啊？

没错，这是继母在说话。不论说什么，她的语气里总有一丝苦苣草的气味。正是这一丝苦苣草的气味，让少年在闭眼假寐的时刻也能确定问话人不是乌喇嘛，而是他的继母。乌喇嘛附体在他继母身上借用她的嘴来回忆过去或是预言未来，用的是一种檀香的气味。这种檀香的气味少年比较熟悉，因为檀香的气味是藏语特有的气味。少年随着家人初来这个名叫毛卜拉的村庄时，满村庄都是檀香的气味。后来，随着一批又一批藏人迁离村庄，这檀香的气味变得越来越稀薄。当他再也听不见藏语的时候，檀香的气味便消失了。

少年这种用嗅觉来辨别语言的功能一度使他困惑不已。有一阵子，他天天对着镜子，企图用一把剪子将那两个耳朵剪掉。他觉得脑袋上长出两个耳朵简直像驴一样蠢。做出这种荒唐的行为丝毫不需要勇气。而且，随着镜子里的那个少年变得越来越陌生，他对剪掉耳朵的渴望也就显得越来越迫切。有一天早晨，大人们全都去了地里掰玉米，少年留在家里照看两个妹妹和七只小鸡。谋算已久的计划终于有了实施的机会。少年洋洋得意地盯着镜子里那个妄自尊大的少年，举起剪刀，正要将他的两个耳朵剪掉。

一股檀木的香味飘进少年的鼻子。他扔下剪刀，循着檀木的香味来到院子里。他的继母狂呼乱叫，说着奇怪的语言，同时，她双手死死抓着少年的小妹妹那两条又细又长的小腿。在她头顶，一只金雕拍动巨大的翅膀，扇起遍地的狂风。金雕的爪子里，少年那可怜的小妹妹已被吓晕过去。越来越多的人挤进院子。他们手操农具，将金雕活活打死。金雕临死前凄厉的叫声被那一对巨翅掀起的狂风纠缠着，在虚空里盘旋，毫无停落的样子。少年的继母抱着她心爱的女儿，不再狂呼乱叫，而是喋喋不休。檀木的香味一阵接一阵，泡沫般从她嘴里冒出。双目失明的祖母念诵召魂的咒语。在金雕被斩断的爪子下，少年的小妹妹逐渐恢复呼吸。她像大梦初醒，撒着娇向父亲讨要水果糖。

就是在那天早上，毛卜拉有了风。那风在少年家的院子里落地生根，仿佛具有丰沛的生命，不停地生长，壮大。最先，那风吹得树叶满天飞，后来，临冬迁徙的鸟群被大风卸下它们全身的羽毛，变得光秃秃的，像烤鸭一样坠落在远方雪山的后面，再后来，田野上来不及采摘的玉米棒子如同炮弹，在空中嗖嗖乱飞。忍不了饥饿偷偷溜出羊圈的羊羔常被玉米棒子打死。于是，家家关门闭户。许多人将通电之前用过的石磨拆下，堵住大门。即使有人死了，葬礼也一直拖延着。渐渐地，有一股尸臭味在村子里蔓延开来。大风像驱赶羊群一样，将尸臭味从死了人的家里赶出，然后再赶进没有死人或者行将死人的家里。恼人的尸臭味仿如泥浆，灌进人们的鼻子、嘴巴和耳朵，弄得人们既尝不出烤土豆的香味，也听不见彼此的话语。

少年对汉语的嗅觉就是在那时养成的。少年一向愚钝的父亲与儿子不同，他在那种环境里没有培养其用嗅觉辨别语言的能力，而是第一次思考起有关时间的问题。知道这一点是因为少年看见父亲在给他那上小学的大女儿辅导数学作业时，用铅笔在一本练习簿上写下这么一句晦涩的话语：大风湮没了时间。这简直是个奇迹。大风湮没了时间。大风还将湮没我们生活的这个村庄，以及整个世界。但是，大风湮不没的，是少年的继母嘴里不断冒出的檀香味。她一直在说话，其发音吐字却又稀奇古怪。她说的既不是政府推广的普通话，也不是祖祖辈辈说了许多年的方言。没人能听懂她在说什么。只有少年，这一贯沉默寡言的孩子，在那些慌乱的日子里，能够坚定不移地告诉大家：她说的，是藏语。少年并不懂藏语，但他确定，继母说的全是藏语，因为他嗅到了一股檀木的香味。

趁着风还不能吹跑骆驼，少年的父亲进到深山找来一位懂汉语的喇嘛。人们叫他格桑仁波切。在他生前，曾有九位格桑仁波切在毛卜拉生活过。他们轮回转世，传承着宁玛派大圆满教法的神秘精髓。通过格桑仁波切的翻译，人们才获知，一位死去了一百二十一年自称是乌喇嘛的人，附体在少年的继母身上。他想成为这个家族的保护神。乌喇嘛的愿望如此强烈，致使他忍不住要倾吐满腔秘密。他知道那么多事情，简直像储存时间的机器和记录未来的辞典。在他离开少年哪吒的继母那在癫狂状态中颤抖不已的身体而去别处漫游时，格桑仁波切看见他骑着一头斑斓的豹子。乌喇嘛身材魁梧，脸上刻满意义玄奥的藏文字。格桑仁波切如此说。他的脸看上去就像一部行动的天书。没人知道乌喇嘛的来历。可能是一百年前的一位托钵僧。格桑仁波切解释说。他死后，就变了神。与别的僧人不同，在他死后，他的尸体未被火葬或者塔葬，而是采用了土葬。他的坟墓依傍着色曲河。

经过格桑仁波切的翻译，我们才恍然想起河湾里的那座孤坟。连村里最老的老人都不知那孤坟的历史。尤其让我们感到惊奇的是，色曲河年年发洪水，其河道多次改变，河道两边的田地屡遭浸淹，那孤坟却总能幸免。最近几年，河道两旁的土地变成了沙漠，在那孤坟方圆一里之内却长满奇花异草。每年春秋两季南北迁徙的大雁，总会在那块长满奇花异草的土地上歇下疲惫的翅膀，休憩几日，然后再度沿着天空中古老的轨迹向它们祖祖辈辈繁衍生息的栖息地飞去。

我祖母总在每年五月端阳的清晨，趁着露水尚未散去，在那块坟地里采摘茵陈和丁香。她熟悉那些植物就像熟悉自己的孩子。这让她看起来简直不像个盲人。茵陈晒干，可以做成草药，用来灸治那在冬天里让孩子们又痛又痒的冻疮和在春秋季节使人身体溃烂的穿心瘤和蛤蟆疹。丁香则被祖母丢进沸水，然后用这种散发着奇异香味的水为家人洗澡。如此一来，少年浑身的香味不仅赶走了虱子和虮子，而且还招引了蝴蝶和蜜蜂。每当他做了错事怕受责罚而躲在草垛里或者树杈上时，盲祖母总会轻而易举地找到他，因为他身上那股丁香的香味会让祖母连打好几个喷嚏。到了晌午，蛇和蟾蜍出洞。祖母用召唤蛇的咒语，叫来一条毒蛇并让它乖乖地钻进盛满酒精的罐头瓶子里，再用召唤蟾蜍的咒语，让一只蟾蜍将整瓶墨汁吞进它的肚子。蛇油是愈合伤口的良药，而蟾蜍肚子里酝酿半年的墨汁则为那些深受牛皮癣之苦的孩子解除痛苦。

自从乌喇嘛显灵以后，那座孤坟逐渐成为人们朝拜的圣地。有一天，少年的继母跟着盲祖母采摘丁香时，突然跳上坟头，用藏语宣布：为了让我成为你们的保护神，那就围绕这座坟修建一座庙吧。依照格桑仁波切的描述，少年的父亲请人雕刻了乌喇嘛的神像。每月初一和十五，少年都要随家人到庙里去祭拜。乌喇嘛是那样灵验，几乎有求必应。为了保护少年家的财产，他连别人无意间拿走的一枚针都不放过。

那年秋天，黄芪收获的季节，少年的父亲雇佣了几个来自邻县的女人。她们将堆积如山的黄芪用针线穿成一串又一串，然后挂在墙壁上和屋檐下以便很快晒干。那阵子，大风有所缓和。她们在雨雪般纷纷飘落的沙尘里坐上一辆手扶拖拉机离开了毛卜拉。过了一个月，一个女人骑着骆驼，顶着大风，来到少年的家门前。在狗的狂吠声里，她叩响大门上的铁环。少年的继母刚一开门，她就跪在满是驴粪的地上，流着眼泪亲吻少年的继母那双沾满鸡屎的鞋子。尊敬的乌喇嘛，请您告诉我，我究竟得了什么病。她仰起脸来，凝视着少年的继母，虔诚地祈祷。每时每刻，我都觉得身体里有一群蚂蚁在啄食我的骨头。少年的继母刚想用正常人的口吻安慰她，可是，她像受到突然的电击，全身剧烈地颤抖，接着便说出一句藏语：你拿了我家一枚针。

骑骆驼来的女人闭上眼睛，一脸痛苦的表情。她竭力回想。一枚针。仅仅是一枚针。最后，她终于想了起来，在她串黄芪的某一天，由于衣服破了，她向少年的祖母借了针线。缝好衣服以后，她顺手将针别在了衣服上。想到这里，她急忙骑上骆驼，赶回家去寻找那枚针。

在这件事情上，人们只看到家神的忠诚，但还未发现，乌喇嘛其实是一位迷恋铁器的家神。直到后来，少年家的亲戚陆续送来各种各样的铁器——那都是少年的父亲作为礼物送给他们的各种农具和工艺品，人们才确信，这位性情古怪的家神对铁器有着一种病态的痴迷。祂的预言能力也因人们献给他的铁器供品日益增多而变得越来越灵。渐渐地，村里人和邻村的人也来求告。一位四处乞讨的藏族说唱艺人放弃了他那毫无前途的职业，受聘为神庙里的专职翻译。牛被偷的，乌喇嘛会通过少年的继母说出能找到牛的方位；从人贩子手里买来的四川女人跑了，乌喇嘛会通过少年的继母说出这个女人逃跑的方向；生不出儿子的，乌喇嘛也会让少年的继母告诉这一对诚惶诚恐的夫妇应该躲在什么地方才不会被抓去做流产或者节育手术……

愈来愈狂的风昼夜不停地刮着。人们又是唱皮影戏又是跳秧歌，希望无所不能的乌喇嘛止息这可怕的大风。这倒霉的大风真该停一停了。由于常在野外放牛的缘故，少年经受了长时间的大风。大风吹进他的脑子，让他的大脑呈现一片喧嚣的空白。很多时候，他都处在梦游状态。一天上午，少年赶着一头犏牛上山坡，山坡却像一个睡醒了的人，直立起来，变成一堵墙。少年感觉自己软塌塌的，仿如一幅旧画，悬挂在墙壁上。为了不至于摔下去，他勉力爬上墙头。墙变得越来越高，那头犏牛站立的地方却出现一条小道。有人走近墙壁。那些人显得既熟悉又陌生。细看起来，那些人既像藏人又像穆斯林还有点像新近加入地下天主教的汉人。少年冲他们喊：请帮我把牛赶上来好吗。他们吆喝着，将牛赶上墙。少年踩在墙头，想要走上那条犏牛走过的小道，可是，墙却摇晃起来。他只好骑在墙上。等到摇晃过去，他才一点一点地移动。一个七八岁的男孩搭着梯子爬上墙来，说是要安装一个朝向太阳的窗子。少年留他在墙上忙碌，自己去追赶犏牛。一拽到牛尾巴，他那惊慌的心便立刻安定下来。就在此时，他发现牛蹄子下面一片坚实而平坦的土地铺展着，向远方的田野延伸出去，直达天边的雪山。一群面容模糊的人由远及近，看起来既像藏人又像穆斯林还有点像新近加入天主教的汉人。他们身着白衣，排着整齐的方队，向着前方白色的教堂缓缓而行。在方队的后面，两个人抬着一具白布缠裹的尸体。从教堂里走出白袍飘飘的神父。几名随从跟随在他身后。人们开始祈祷。少年也想祈祷，可他突然想起自己一直是个排斥一切宗教的唯物主义者。于是，他赶着犏牛在田野上奔跑起来，想要远离教堂和这群低声祈祷的神秘人。

他忽略了大风的存在。当少年从乡镇卫生院的病床上醒来时，父亲才对他说，他被大风刮进深山并在无人居住的草原上游荡了七八天，最后是通过乌喇嘛的预言才找到了他。乌喇嘛借助少年的继母那变成男音的嗓子，说是毛卜拉以西四十里，在青色草原上握着牛尾巴做梦的人正以花草的香味为食，但这不是生命旺盛的预兆，而是死亡将临的象征，因为只有脱离人世的人才会依靠气味而活着。

少年被找到以后，头脑稍微健全的人齐聚神庙，请求乌喇嘛止息这场绵绵不绝的大风。但是，少年的继母保持了可怕的沉默，不久便恢复了她那愚笨而又喜欢喋喋不休的本来面目。她和村里其他农妇一样，诅咒这场可恶的大风，并为少年遭受的厄运伤心不已。乌喇嘛已经离她而去。狂风一如既往地刮着，既不见增强，也不见减弱。人们纤细的神经经受着越来越严厉的考验。少年的父亲好几次也恍惚起来。他找来一支铁镐，在房屋中央没命似的挖掘，说是要挖出一口连通大海的水井。少年的继母静静地坐在炉灶前，拨弄灶灰里烤得焦黄的土豆和用泥裹起来的麻雀。那是最后的食物。少年被父亲挖掘水井的噪音弄得心绪烦乱。而他的祖父早就暴跳如雷。你这个疯子! 祖父吼叫着。你这是在为我挖掘坟墓吗? 不, 我在挖掘一口水井。少年的父亲往手心里吐了一口唾沫, 用异乎寻常的口吻说。通过这口水井, 我们能游到大海里去。但是, 总有一天, 那水井就会成为我的坟墓。少年的祖父捶打着自己葫芦瓢一样光溜溜的脑袋, 语无伦次地说。总有一天……没错……总会有这么一天的……驴日的……你们就等着瞧吧……总有一天我们全都要躺在这口水井里等死……

　　就是在那样的日子里, 少年翻开作文簿, 开始用近乎癫狂与错乱的文字记录家里发生的一切。这场大风弄得他思维混乱记忆模糊。他担心再不写点什么, 就会变成白痴。于是, 少年开始细心观察这场大风以及被大风侵蚀濒临疯狂的人们。他看到祖母偎在土炕的墙角, 把豌豆嚼碎然后像母鸡那样嘴对嘴喂养那七只小鸡。她响响响响地叫着, 让人分辨不出人声与鸡叫的差别。那七只小鸡显然把她当成了自己的母亲。它们吃饱以后就钻进她的腋窝下心满意足地睡去。少年隐约记得, 在那七只小鸡孵出后不久, 黑母鸡趁着祖母去草料房照顾疯子巴巴之际, 钻进草料房觅食, 结果被疯子巴巴撕成碎片给生吃了。他不记得疯子巴巴什么时候染上了生吞活剥的毛病。大概是这场灾风刚刚在村子里刮起的那阵子吧。大风到来之前, 一切都是正常的。耕耘稼穑, 婚丧嫁娶, 生老病死……世上的一切以其亘古自来的秩序变动不居。

那时候，少年的继母尚未被乌喇嘛附体。她有着充沛的精力整日在山野里拔柴垦荒种植燕麦和青稞，有时还会设置网罟逮几只野兔野鸽子之类的东西供大家烧烤了吃。虽说油老爷脾气暴躁跟少年的父亲以及继母常常吵架，有时还会大打出手，但总体而言，大家的日子过得还不至于太过绝望，油老爷也不像现在这样动不动就骂人，疯子巴巴也不像现在这样一看到活动的畜生就两眼放光。为了防止疯子巴巴把少年和少年的两个小妹妹吃掉，人们用一根铁链把他拴在草料房的石磨上。此刻，他那困兽似的嚎叫搅扰得一家人忘记了睡眠。少年偷偷磨砺一把祖父年轻时用过的马刀，想要等这场大风过去以后好将他那可怜的疯子巴巴杀死。他的痛苦太过漫长了，再这样下去，全家人甚至整个村庄的人都会发疯。

少年的尕姑姑——噢，愿家神保佑她——未及将少年磨刀的秘密泄露出去就嫁给了金矿老板的儿子。她走得那么匆忙，哭哭啼啼地，连她最爱的吉他都忘了带上。那吉他挂在墙上，跟少年一样，几乎变成了哑巴。由于不能在每一个温柔夜色里像往常那样轻轻抚摸尕姑姑胸脯上带汗珠的皮肤，少年急出了一场大病。他的身体仿若一截烧红的生铁。乡镇卫生院的大夫要他张嘴喊啊啊啊的时候，他觉得嗓子眼里喷出的全是带灰烬的火焰。他觉得自己快要死了。如在经历濒死体验一般，他的眼前常常幻影叠现。他看见尕姑姑咬着一朵石榴花，而他则咬着她胸脯上一寸一寸的皮肤。有一种清脆的音乐，从她月光般洁白的胸脯上升起。尕姑姑……少年悄声说道。你的皮肤在唱歌。确确实实，尕姑姑的皮肤在唱歌。那歌声就像秋天山坡上被霜打过的树叶，起先是一点一滴的金黄与火红，慢慢地，随着少年的牙齿在她胸脯上咬出的面积越来越大，那歌声就像霜叶一般逐渐蔓延。这是她从不为别人所知的秘密，甚至连她自己都不知道。好了好了，傻孩子。每当少年沉浸在那广阔而神秘的歌声中不能自拔时，尕姑姑总会这样说。好了好了，傻孩子，当心你又来一阵羊癫疯。

一天黄昏，为了抚慰自己难言的寂寞，少年轻轻咬着吉他的琴弦。他感觉到了尕姑姑那会唱歌的皮肤。在一阵阵的晕眩中，他看到洁白的月光正从尕姑姑的胸脯上升起。可是，令他颤抖不已的幸福戛然而止。琴弦断了。一只受惊的麻雀从琴箱里扑楞楞飞出。少年昏厥过去。他那脆弱的神经经受不起这致命的一击。在模模糊糊的意识里，他似乎听见祖母向那位从狂风中骑马而来的大夫讲述一件很久以前的事情。那是个没有一丝风的夏天……少年又觉得自己如在梦中行走。

同样是在那个没有一丝风的夏天，他和村里尚未随家人搬走的几个藏族小男孩一起掏麻雀。如今想到他们，他只记得他们的名字，好像是丹巴、洛桑、才旺瑙乳和万玛才旦。在各家各户的屋檐下，藏族小男孩搭起人梯，让他踩在他们的肩膀上。一根竹竿的一端砸破以后吐上唾沫，被他插进屋檐下的缝隙里。他轻轻转动竹竿，感觉到竹竿那一端缠住了麻雀窝，然后就猛力地拽啊拽。那年夏天，少年用这种方法毁坏了几十只麻雀的窝。失去了雏雀或者雀蛋的麻雀不管白天黑夜，一看到他就会狂噪乱飞，扑过来猛啄他的眼睛。他把用来打野兔的霰弹枪随身带着，时不时冲着天空开一枪。从早到晚摇着转经筒围绕印南寺的废墟不停转圈的藏族老人一碰见丹巴、洛桑、才旺瑙乳和万玛才旦跟少年在一起鬼混，总会训斥他们一顿。杀生的人是要下地狱的。少年听不懂老人在说什么。慢慢地，他懂得了一点藏语。他懂得了老人们在说什么。总有一天，你们会下地狱。于是，少年的藏族小伙伴不再跟他一起掏鸟窝了。

村里的藏人陆续搬走了。他们拖家带口赶着骡马牛羊走进大山深处。目送着朋友们离去的背影，少年第一次品尝了孤独的滋味。但是很快，他有了新伙伴。在大人们忙着开矿、垦殖、内讧和争斗的日子里，少年又把掏鸟窝当成排遣孤独的一种娱乐。后来，促使他放弃掏鸟窝活动的，是一条蛇。那条蛇恰好躲在他拽出的一个麻雀窝里。蛇吃完了雀蛋正在消食。是他将蛇连带麻雀窝从屋檐下的缝隙里拽了出来。当时，他踩在人梯最上面，由于紧张和兴奋而大张着嘴巴。蛇从他刚刚捧住的麻雀窝里一跃而起，箭一般射进他的嘴里。那场灾难差点要了他的小命。从那以后，少年就出现了严重的神经衰弱症并且还有伴发性妄想症和羊癫疯。终有一天，我也会和疯子巴巴一样，一看到畜生就会忍不住扑过去。对此，少年早有预料。他那悲观主义的性格之所以愈来愈鲜明，一方面与这场不知要刮多久的大风有关，另一方面是由于他那终要发疯的念头所致。我可能会像疯子巴巴那样，在冬天里迎着风雪赤身裸体地四处流浪而在夏天的炎炎烈日下穿着羊皮袄寻找火炉最后被我的亲人用一根拴狗的铁链囚禁在装草料的房子里忍受老鼠的撕咬。一想到这里，少年就黯然神伤。他躲进被窝默默流泪，一点儿也没有心情回答继母的提问。这股邪风大概刮了十几年了吧？少年的继母嘟嘟嚷嚷地说。我记得，这股毁灭世界的风打从我结婚的那天起就一直不停地刮着，就目前来看，这股魔鬼放出的风可能要一直刮到我们的坟墓里去……

　　少年的继母盯着灶洞里哗啦啦响成一片的火苗，既像是对火说话，又如同自言自语。在乌喇嘛不显灵的日子里，她总是这个样子，喋喋不休，唠唠叨叨，语焉不详。你看，孩子们都长大了，我却不记得这倒霉的风刮了多久了。谁还记得呢？这倒霉的大风到底刮了多久？是不是你们这帮懒鬼该去问问家神才对。听着继母长时间的絮叨，少年也开始关心起时间来。但他觉得，关于时间的问题，大概只有家神知道。作为人类，我们身体里走动了几万年的生物钟已在这场大风中生锈了。关于这倒霉的风到底刮了多久的问题，整个屋子里的人好像都没有心情也没有能力回答出来。或许，到我们死亡的那日，风就会停止。少年很想对继母这么说。或许，根本就没有什么倒霉的大风，所谓的大风只是我们幻觉的产物。我们只是因为家里莫名其妙地死了许多牲畜而吵了一场架，然后就关起门来生闷气，谁也不理谁，而且还相互憎恨，为了给这种谁也不想打破的现状寻找一个借口，然后就彼此撒谎说，不知什么时候，屋外刮起了一场大风。我们假装失去了对时间的感知与记忆。我们相互欺骗说，谁也弄不清这场倒霉的大风究竟刮了多少年。为了制造恐吓效果，大家都说这场大风是魔鬼释放出来将人类刮进地狱的武器。其实，本来就没有风。不信，我给你们打开门和窗户看看。你们将会看到院子里的蓖麻和马莲已经像长了几十年的杏树那样高高耸立。在我们忽视外界的岁月里，所有被我们栽进土地的植物都在疯长，并且全都长成了巨型植物，而我们人类在面对这些巨型植物时会发现自己简直就是小矮人。

说着，少年从炕上跳下来，夺过父亲手里的铁镐，让父亲跟他一起去把抵挡大门的石磨挪开。别再挖掘你那荒唐的水井了，阿爸。少年对父亲说。你得走出这间像停尸房一样的屋子，去寻找你那可怜的妹妹。少年的父亲站在土堆前，向妻子要了一碗水。这事儿得问问家神。他说。我们已经惹得家神不高兴了。父亲的话提醒了少年。这使他想起了家神针对尕姑姑的婚事曾经提出的警告。他记得，当媒婆子象征性地来提亲时，家神就显得很不高兴。他附体在少年的继母身上，将她变成一个母豹般狂暴的人。人们没来得及阻拦，少年的继母就冲过去，将刚刚踏进门槛的媒婆子撞到在地，几乎使她昏死过去。除了少年的祖父，其余的人包括少年那七位早年嫁出去的姑姑都开始对这门婚事忧心忡忡。少年的祖父固执己见。除非尕尕死了……他是这么说的。除非尕尕死了，否则的话，她就得嫁给常百万的儿子。这不是为了钱，而是为了一个四十年前的诺言。

四十年前，金矿老板常百万是游击队队长。他救过这位未来亲家的命，而且还不止一次。所以，少年的祖父宁可冒犯家神，也不愿撕毁婚约。后来，男方定亲的人骑着骆驼披红挂绿来到毛卜拉时，少年的继母缓缓脱下衣服，像个疯子一样赤身裸体，又是跳舞又是唱歌。少年的祖父将她一把掼倒，当着很多人的面，把自己的小女儿丢上了双峰驼背上那铺着波斯地毯的鞍鞯。谁也想不到这个老土匪死之将至，居然还力大无比。那一年，少年的尕姑姑十六岁。

过完寒假，她就可以到县城上高中了。随着她的离去，死亡的阴影
迅疾笼罩了这个家庭。先是鸡，一只接一只，从午夜的鸡架上一头
栽进鸡架下面年深日久的鸡屎里。不出半月，一千二百零六只鸡的
尸体挂满了院子中央的核桃树。少年的祖父迁怒于年轻的兽医，指
责他在预防鸡瘟时用错了药，反而将活蹦乱跳的鸡治成了死鸡。为
了纪念那死去的一千二百零六只鸡，少年的祖父抱着猎枪坐在乡镇
兽医站门前一具废弃的马鞍上，叫骂了整整两天。他毫无顾忌地声
言，只要年轻的兽医一露面，他就一枪端掉那张满是雀斑的脸。其
后不久，二十头肥猪在七天之内死在了猪圈里腐烂的苜蓿上。为了
保住十四只猪崽，少年的继母将它们放在炕上并为它们盖上被子。
她以为是突然袭来的寒风冻死了那二十头肥猪。可是，一夜醒来，
十四只猪崽全都死在了温暖的被窝里。再接着，五十四只信鸽被死
亡的光芒击毙在阴暗的天空里。多年以来，少年的父亲一直用信
鸽跟他做珠宝与皮草生意时沿途结识的诸多情人保持着隐秘的联
系。死亡如潮水般在这个富裕的庄园里肆意漫延。家神对此缄口不
言。少年的继母也失去了她身上的灵光，变得跟过去一样，嘴脸蠢
笨，小肚鸡肠，一开口就是让人摸不着头绪的方言土语。她恢复了
过去坐在炉灶前烤土豆和泥裹麻雀的习惯。其他人则像泥塑的菩
萨一样，盘腿坐在炕上，满腹愁肠，静静等待这场大风带走死亡的
阴影。

　　风越刮越大。就在少年的尕姑姑婚后回门的第三天，牧羊女兰
兰趁着清晨的第一缕阳光走下大山，向少年哪吒的祖父报告了一件
更为悲惨的事情：由兰兰代为放牧的三百七十二头绵羊外加九十六

头山羊一夜之间全都死在了羊圈里。可是,阿爷,奇怪的是……兰兰气喘吁吁地说,奇怪的是,只有你家的羊死得一头不剩,我家的羊却都好好的。少年的祖父颓然倾倒在枕头上,久久没说话。家人从未见过他如此虚弱。这个可恶的老土匪!也许再来一场沉痛的打击,他就可以两腿一蹬,死在一场没有悲痛和怀念的气氛里。但是,少年庆幸得有点早了。他看见祖父披上羊皮袄,像他年轻时当土匪一样,健步如飞地攀上东面的大山,很快就到了少年的大姑居住的村子。他脸色铁青,对自己大女儿的问候闷不答声。像个与命运之神拼命颉颃的角斗士,他将一头又一头绵羊和山羊的尸体扛出羊圈,挂满了村子里的每一棵杏树和苹果树。那些乘坐班车在高速公路上疾驰而过的城里人远远望见村庄里风吹便摇的满树绵羊和山羊,全都以为自己目睹了末世的奇迹。少年的祖父坐在树下,脸上露出那种只有在回忆起战争时才会浮现的忧伤。死亡是正常的……他喃喃自语,又像在重复别人向他说过的某个真理。死亡是正常的……

可是,又一波非正常的死亡正在等他回家。少年不得不在半路上拦住他。你得在我大姑家多住几天,阿爷。少年说。阿爷,我大姑家要打蜂蜜了,你就好好地吃几天蜂蜜吧。少年的祖父是那么倔强,他执意要回家看看。结果,他看到的是犏牛的尸体。而他最最心爱的枣红马也躺倒在马厩里,嘴里冒着白沫。这是为什么为什么?少年的祖父跪在儿媳的脚边,痛苦地呐喊。家神哟,你杀了我吧!见此情景,大家慌作一团。只有少年的祖母像个明眼人似的,看透了因缘。去吧,丑旦……她对少年的父亲说。带上茶叶和大米，丑旦，到草原上去，让格桑仁波切看看，我家的灾难到底是家神在作祟还是鬼魂在使坏。与她的想法不同，少年的祖父认为这是一场瘟疫。这场瘟疫先从家畜开始，接着便会攻击人类。家神对此沉默不言，足以说明这个家族的毁灭指日可待。因为有了这种想法，少年的祖父绝望了。他一病不起。但他尚有力气躺在马的身边骂人。他像诅咒一个仇人那样诅咒乌喇嘛。肯定是他干的。少年的祖父咬牙切齿地说。这个卑鄙的家神！由于没在病倒之前掘开乌喇嘛的坟墓，他甚至懊悔得捶胸顿足。他抱着马脖子，呜呜咽咽地哭了起来。而在此时，少年的父亲骑着骆驼，逆风而行。为了预防自己被风刮跑，他用一根绳子把自己和骆驼捆在一起。天快黑时，他来到草原上简陋的寺院，向格桑仁波切讲述了灾难发生的整个过程。死亡还在蔓延，仁波切。少年的父亲说。也许接下来死的，就是人。格桑仁波切用食指、中指和大拇指捏住少年的父亲右手中指的指根，像医生为病人把脉那样。从脉息判断嘛……格桑仁波切沉吟了一会儿说，这事儿跟家神无关，祂只是有些生气而已。说着，他将食指、中指和大拇指移到少年哪吒的父亲中指的中部。从这个脉息判断嘛……格桑仁波切若有所思地说，这事儿也跟鬼魂无关。灾难的根源到底在哪里呢？格桑仁波切并拢中指、食指和无名指，轻轻压在少年父亲的手腕上，听到了他那泥沙俱下的脉搏里杂乱的噪音。你有一个亲妹妹嫁了人？格桑仁波切问完话，不等少年的父亲回答，就径自揭开了谜团。你妹妹的丈夫，他属羊，生在四月，这意味着你家所有的财产将会失去。

　　为了拯救这个濒临覆灭的家庭，少年的父亲向他那苦命的妹妹转达了格桑仁波切的占卜结果。在风能将牛犊刮跑的那个月份，一个骑骆驼的汉子拍响了少年家大门的门环。我从金矿上来，骑骆驼的汉子将一个火漆封口的牛皮信封交给少年的祖父并用刻意压低了的神秘语气说，为了您和我家主人的声誉，请把这封信里的秘密带到坟墓里去。在离坟墓并不遥远的日子里，少年哪吒的祖父被这团窝藏在心中的秘密之火烧灼得脾气愈加暴躁。他不停地骂人。家里人都能感觉出他的叫骂声里孕育着一种愈来愈浓的尸臭味。少年像只躲进地洞的鼹鼠，诚惶诚恐，靠着被子的掩护，用棉花团塞住两个耳朵眼，又用纸棒塞住鼻孔，在泥沼一样的空气里，睡了又醒，醒了又睡。他忘记了时间的流逝，也忘记了这可恶的大风何时刮起又将在何时结束。有一阵子，在黏稠如鼻涕般的梦境里，他似乎瞥见尕姑姑一闪即逝的背影。在她的背影消失之处，出现了一个火车站凌乱的广场。他钻出被窝，从炕上一跃而下，一把夺下父亲手里的铁镐。阿爸，你该去找我尕姑姑了。他焦急地说。她就在一个火车站的广场上，三个人贩子正用花言巧语欺骗她。少年的父亲木然地杵在那里，眼里没有一丝神采。她被这可恶的大风刮上天了，孩子。他说。骑着骆驼从金矿上赶来的人就是这么说的，孩子，确确实实，你的尕姑姑是被这可恶的大风刮上天的。少年愤愤不平。他打开大门，径直向着乌喇嘛的神庙奔去。长久以来，除了他那当过土匪的祖父，其他人都以乌喇嘛的话语作为衡量自己道德与人生的唯一标准。没有他的预言，大家便都什么也不相信。关于这一点，少年心知肚明。所以，他需要家神来向人们证明他那一闪即逝的幻觉并非空穴来风，他也需要家神来揭露祖父一再散播的谎言。尕姑姑并未被这场可恶的大风刮上天空，没有。他一边奔跑，一边自言自语。风沙灌进嘴巴，让他品尝了一股苦涩的滋味。他沿着河岸奔跑。因为风的缘故，他觉得自己快要飞起来了。就在即将脱离地面的那一刻，他抓住了神庙的柱子。跪在神像前，少年久久凝视乌喇嘛那张颧骨隆起的脸。那是一张藏人特有的脸。自从塑了神像以来，这是他第一次如此热切地端详这张脸。有一种穿透心灵的力量，宛如神秘的光芒，发自这张慈祥的脸上。于是，少年平静地说：我认识你，我知道你是祖母阿依玛远走他乡的孙子。说出这句话以后，连少年自己都感到震惊，因为他根本就不认识一个叫祖母阿依玛的人，但他却分明知道她活了二百零一岁。他好像也被某个神灵附体了似的，开始滔滔不绝地言谈。一串串言词不经过他的心灵，而是直接从骨头的缝隙里像泉水一样渗出来。八岁时，你在拉萨哲蚌寺出家为僧；六十九岁那年，你取得了闻思学院的最高学位，成为密宗大学者；后来，你被关进监狱，严刑拷打使你双目失明；十八年后，你被遣返到故乡毛卜拉，身后跟随一只迷途的豹子……

　　就在少年说话的时候，一幅幅往世的画面在他脑海里频频闪现。感觉上，虽然他长成了一个少年的身体，脑子里却盛满一个老人的智慧。这使他拥有一种能够洞悉事物内在真相的本领。而在这十多年的时光里，他像是一直在沉睡，一直用这种拒不承认的姿态掩藏内心深处的秘密和对前生诸事的纷繁记忆。他甚至觉得乌喇嘛的那张脸变得越来越熟悉，熟悉得让他骤然感到时光正在倒流，连那刮了不知多久的狂风，此刻也似乎回到了它的源头。世界仿佛陷入了某个深渊，变得异常寂静。为了打动乌喇嘛的心，少年说出了他生命中至为关键的一个细节。有一天，祖母阿依玛问你在监狱到底怕不怕……你还记得你是怎么回答的吗？少年哪吒停顿了一会儿，像是在搜索准确的词句。你说：只有一件事，我很害怕……我很害怕自己会失去对人的慈悲。

少年失去了知觉。时光的河流在他的身体里凝固下来。他觉得随便抓一把时光，就可以展示给别人。大概是过了好几天的时间，他觉得该从这场大梦中醒来了，于是就伸伸胳膊抻抻腿。但是，有什么东西挡着他。在他的四壁，树立着坚硬的木板。他费了很大的劲儿才弄清楚自己原来是躺在一个盒子里。盒子外面，经常传来人们的说话声。他熟悉那些声音，但他不敢确定说话人到底是谁。由那些熟悉的声音传达的信息，他知道祖父死了。这个老土匪用那把陪伴了他一辈子的猎枪打碎了自己的脑袋。随他下葬的，除了这把猎枪，还有一封装在牛皮信封里的信。牛皮信封有被拆开过的痕迹，但是，拆开之后又被火漆封得严严实实，仿佛信封里装着一个魔鬼或是一些能给人和牲畜带来灾难的诅咒。没人敢将这牛皮信封打开。正如那个骑着骆驼从金矿上来的汉子曾经叮嘱过的那样，这牛皮信封包裹着一个秘密，被少年的祖父带进了坟墓。也许，少年的祖父需要被这个秘密滋养，才能在坟墓里过得心安理得，否则的话，即使是一具尸体，也有可能发疯。与之相反，少年却被内心的秘密烧灼着，一刻都不想待在这个木头做的匣子里。随着他的焦灼与日俱增的，是木头匣子外面愈来愈静的空气。人的声音如雾霭散去，他只听见尘土坠落的声音、蜘蛛结网的声音和白蚁蛀木的声音。他害怕自己在孤独与寂寞中死去，于是就格外用力地挣扎起来。终于有一天，哗啦一声，木头匣子被他挤破了。他从匣子里爬起来，拍了拍身上的灰尘。屋子里没有一个人。少数一些未被白蚁蛀成粉末的家具上留着蚊虫爬过的痕迹。一束插在花瓶里的矢车菊在他的呼吸里化成齑粉。由于木头匣子的拘禁，他的身体发育成了畸形，这使他走起路来不得不佝偻着身体，一头乱蓬蓬的头发因此便垂落在地，仿佛一堆荆棘。他推门而出，强烈的阳光刺痛了双目。他什么都看不清楚，只觉得眼前有一团红色的火焰。追寻着这团红色的火焰，他向着人声鼎沸的地方慢慢走去。一扫刚才房间里那股万物腐朽的气味，此刻，他被一片檀木的香味团团包围。到处都是密密麻麻的藏语。他有些诧异地寻思这到底是怎么回事。莫非是那些迁离毛卜拉的藏人回来了？也有可能是印南寺重又建起来了，所以才有喇嘛的诵经声和信仰佛教的藏族群众一遍遍唱起的玛尼歌。可是，怎么就没有那场不知从何时刮起又将在何时结束的大风呢？少年伤感起来。他多么想听到继母的问话声。这可恶的大风刮了多久了？他觉得，当继母问这句话的时候，他刚从一场泥沼似的梦境里醒来。

# 为了水葬儿子的河流

　　等到儿子结婚了，我就要学着茨仁措姆的样子，让儿子把我的尸体砍碎了丢进河里去。我要和茨仁措姆一起，漂在河面上看着儿子在幸福的生活里一天天变老。等儿子死了，他也会学着我和茨仁措姆的样子，不让灵魂转世，而是要让灵魂漂在河面上。那时候，我们就可以在河面上组成一个完整的家庭，等待孙子们的光临。在这个世界上，还有什么比一个完整的家庭更重要的呢？

他虽然回去了，但我们不能忘记他只是一个影子。他孤零零地生活，没有妻子，没有朋友；他爱一切，具有一切，但仿佛被远远地隔离在玻璃的另一边；后来，他"死了"，他那淡淡的形象也就消失了，仿佛水消失在水中。[1]

——豪·路·博尔赫斯 (Jorge Luis Borges)《另<br>一次死亡》

　　别说是一碗油换不来一碗水，就是你端着一碗黄金，我看都难，因为这是大旱之年。河流已经干涸。十年前被一场史无前例的

---

1　豪·路·博尔赫斯：《博尔赫斯文集·小说卷》，王永年译，海南国际新闻出版中心，1996，稍有改动，特此说明。

大洪水冲来的石头像恐龙蛋一样堆满宽阔河床。鱼的尸骨到处都是。在石头之间，一群群赶来饮水的牲畜焦渴而死。它们的尸体来不及腐烂就变成狼和秃鹫的美餐。到了中午时分，天气热得连狼和秃鹫都难以忍受。它们纷纷躲进大山的褶皱，苦苦等待日光偏斜。河床上，牲畜尸体只剩白惨惨的骨架扭作一团，像干燥的树桩等待被太阳的火焰慢慢点燃。毛卜拉草原上已经十年没见过一滴雨了。一两岁的孩子吊在母亲干瘪的乳房上，把最后的乳汁当作雨水。每一个人都觉得自己的身体快被太阳烤焦了。随着干旱越来越严重，人们逐渐丧失了用自己最古老的方式向天空祈求雨水的勇气。等死的人全都从早到晚躺在房间阴影里，缅怀从前的好日子。有几个想到来生的老人数着念珠，坚持念经。唯一在阳光里走动的人，就是我们的大胡子连长。他瘦骨嶙峋，由于一条腿受过伤，走起路来也就一瘸一拐。只有他对烈日炎炎的天气不管不顾。从白天到黑夜，大胡子连长一直都手握铁锹，吭哧吭哧地修筑高出河床的堤坝，如在进行一场艰苦卓绝的战争。你固执得像一头公牛。是的，公牛。所有人在谈论大胡子连长的时候，首先会定下这样的一个基调。大胡子连长愉快地承认自己有着公牛一样固执的性格。那也许是在战争中养成的。十年来，大胡子连长一直修筑抵挡大洪水的堤坝。毛卜拉人对此百思不得其解，因为谁都认为，河流不会再有了。有些人出于好心，劝告大胡子连长别再浪费力气了。与其吭哧吭哧地修筑堤坝，不如在河床中央打出一口井。即使打出一口井，也许仍是浪费力气，因为太阳已经晒透了大地。

千万不要忘记十年前那场差点将整个毛卜拉草原淹成沼泽的

大洪水。大胡子连长时不时地提醒人们一句，意在证明自己的行为并非一件多么愚蠢的事情。但是，被太阳烤蔫了脑袋的人们灰心丧气地躺在房子阴影里，打发着酥油一样黏稠的时光，把大胡子连长的话当成了耳旁风。或许太阳把人们的记忆都给烤焦了，因为谁都想不起毛卜拉草原上曾经有过大洪水。即使人们记起那场大洪水又有什么用呢？那场大洪水是在白天来临的，第一个看到大洪水漫过河沿的人骑着马，边喊边向远处的山冈跑去。听见喊声的人也相继骑马奔驰，将气势汹汹的大洪水抛在身后。人们在山冈上像过节一样，跳着舞唱着歌，看着大洪水慢慢退去，然后才回到村子里。他们发现自己的损失微乎其微，不过就是丢了几头牲畜而已。相反，由于大洪水把肥沃的泥土冲积到毛卜拉大草原，结果在来年，牧草长得比人还要高，牛羊钻到里面，找都找不见。

　　大胡子连长向每一个愿意跟他讲话的人说，河流会回来的。我经常在夜里听见河流的声音。那可不是一场梦。大胡子连长说起河流的时候总是显得非常严肃。几乎所有人都认为那是自欺欺人。我还听见那条在十年前走失的鱼躲在一块石头底下唱歌呢。有时候，那条鱼看到我在睡觉，就会悄悄游到我身边，轻声叫我阿爸阿爸阿爸。它以为我睡着了，其实我是醒着的。为了不至于吓到它，我只能装睡。只要能听到它那甜蜜的声音我就心满意足了，虽然我是那么渴望看到它现在长成了什么样子。十年了，它该长大了。从它的粗嗓门就能听出来，它已过了变声期。即使如此，它叫起阿爸来仍是那么甜蜜。它还说，赶快修吧，阿爸，您的堤坝就差最后一块石头啦。可是，毛卜拉草原上已经十年没见过一滴雨了。人们像是在打断一个人的梦呓那样,粗暴地将大胡子连长一把拽回现实。牧草早已干枯。沙尘暴掀起薄薄的腐殖层,暴露出沙漠那魔鬼般恐怖的面容。在这样的年月,别说是一碗油换不来一碗水,就是一碗黄金,我看都难呐。

中午时分,连最勤快的人都躲在低矮的土坯房里,和懒汉们一起,透过窗户眼睁睁看着最后一头牲畜在炽热阳光里垂死挣扎。那是草原上最雄壮的公牛,它曾在这片辽阔土地上繁衍过无穷的子孙,但如今它像一头放大镜下面的蚂蚁,被聚焦的阳光炙烤着。公牛又老又瘦,一只苍蝇飞过几乎也能将它一翅膀扇倒。今天也许是它最后一次看到太阳了。大胡子连长听见几个男人猜测说。它们在判断那头公牛的死亡时,几乎像在谈论河床上随便某一颗石头,语气里不带任何感情色彩。大胡子连长知道,那几个男人谈论的其实并不是公牛,而是他这个日复一日修筑堤坝的傻瓜。我在等待一条鱼,迫于舆论的压力,大胡子连长不得不向那些好奇的人们做出解释,一条世界上最漂亮的鱼,这美丽的堤坝就是为它准备的。想想吧,如果河流重新出现,再配上这美丽的堤坝,我们毛卜拉不就成了世界上最美的花园了吗?毛卜拉人没有谁见过世界上最美的花园。他们只见过大胡子连长拖着一条受伤的腿刚来毛卜拉时,用凿成四四方方的石块为寡妇茨仁措姆修筑的羊圈。那羊圈漂亮极了。所有走过茨仁措姆家的人都要禁不住赞叹一番,说那是世界上最漂亮的羊圈。有人用一种揶揄的口气问过大胡子连长,你是不是要让毛卜拉变得跟茨仁措姆家的羊圈一样漂亮。不止哟。这是大胡子连长唯一会说的一句藏语。他经常把这句藏语像一个女人的名字一样挂在嘴上。

　　明天看到太阳的，仍然是那头公牛，后天，甚至大后天，当我们都被渴死了，那头公牛仍然会站在那里看太阳。真正害怕太阳的是我们，而不是公牛。一个女人响亮的声音传进大胡子连长的耳朵里。她义正辞严地驳斥那些因为绝望而变得麻木不仁的男人。男人们不再吭声，一个个假装睡觉，嘴里流着涎水，还发出很大的呼噜声。这会让人误以为他们刚才的谈话只是一种被炎热搞昏了头的谵言妄语。是的，这种鬼天气，让男人们在睡梦里都变得既缺乏主见又无同情心。大胡子连长抬起戴着破毡帽的脑袋，凝视那砌成一排的土坯房，想要看看是哪个女人还怀着如此强烈的信心和希望。房子里的阴影像墨汁一样浓黑，大胡子连长看不出刚才说话的女人是谁。他只是觉得那女人的声音很熟悉。难道我又在太阳底下开始做梦了？大胡子连长下意识地问自己。就在他修筑堤坝的日子里，一个女人的声音总是在他耳畔响起。起初，他以为那是村里的某个女人在河床里搬起石头寻找最后的水滴时发出的自言自语。大多数情况下，那女人的自言自语他都难以听清是什么意思，因为那女人的自言自语近乎一种随意哼唱却没有歌词的谣曲。只是在关键时刻，比如在他渴得想要喝自己的尿液或者快要晕倒在地上时，那女人的谣曲才会出现歌词。她总是说，再等等吧，大胡子连长，河流就要回来啦，你的鱼儿也会回来的。谁在这个世界上关心着我呢？大胡子连长总是在想。除了那条十年前随着河流走失的鱼，谁还在意他的生活呢？他，一个又老又穷而且总被战争中留下的伤病折磨得一瘸一拐的异乡人，一个被自己的队伍丢弃在毛卜拉草原上的伤兵，如今连条狗都不如。当年他戴着破旧的八角帽——八角帽上的红星已经掉了，拖着一条伤腿，来到这座临河的村庄时，还差点被饮马的男人给杀了。那时候，他也是连条狗都不如。一连死了三个丈夫的寡妇茨仁措姆在河边清洗自己的第七个死婴。村里人都把她看作魔鬼的化身。她只好远离村庄，把破败的家安置在河沿上，为的是一旦河水暴涨，就能轻而易举地死亡。自杀在这里是被禁止的，因为自杀者的灵魂会变成厉鬼，危害这里的村民和他们的牲畜。茨仁措姆丢下手中的死婴，任其顺河漂走。她看到大胡子连长面对男人们的刀子，既没逃跑，也没哀求，只是在无声地流泪。他会流泪说明他的心还没死。茨仁措姆自言自语。我可不像他，心死了，眼睛变得跟荒漠一样，找不到一滴眼泪了。那时候，对于一个没有男人的家庭来说，茨仁措姆需要一个牧羊人，虽然她只有三只公羊。实际上，当她看着大胡子连长在无声地哭泣，她才终于明白自己真正需要的是一滴男人的眼泪。毛卜拉人从来不会流泪。对于这一点，茨仁措姆很清楚。毛卜拉人在有河流的日子不会流泪，当河流消失的时候，也不会流泪。而她需要的，仅仅是一滴男人的眼泪。正是大胡子连长的眼泪，让他成了茨仁措姆的牧羊人。

随着炎热一天天加剧，房子的阴影变成毛卜拉人在这个世界上最宝贵的财富，连最野的猫都懂得珍惜。它们跟着主人，在房子的阴影里学着人们的样子哀哀呻吟。没有谁敢在正午时分走出房子的阴影，因为谁都有过体会，发烫的路面简直像炒锅一般。只有我，人称大胡子连长的老家伙，敢于顶着太阳修筑这抵挡大洪水的堤坝。无论如何，我都要看到明天的太阳照常升起，我还要看到河流重新奔腾，因为等待了十年的那条鱼会随着河流回到我的身边来。那条鱼是大胡子连长活在世上的唯一根据。正是由于这个不为人知的秘密，大胡子连长才没在这大旱的年月里失去生活的信心。等着吧，你的鱼会回来的。大胡子连长又一次听到这熟悉的声音。这可不该是茨仁措姆的声音啊，她已经死了有好多年了。大胡子连长记得，随着儿子那一声嘹亮的啼哭，茨仁措姆就已经神志不清了。我今天一定得死。当时，她躺在石板垒成的床上，一直在梦呓连连。魔鬼的化身不能再待在这间屋子里了，否则，儿子会遭殃的。当天晚上，大胡子连长根据茨仁措姆在最后一句话里的意思，砍碎茨仁措姆的尸体，然后将其丢进河流喂了鱼。茨仁措姆说：鱼肚子不怀小鱼，所以，转世的灵魂附不到鱼身上去，这样一来，我就能够一直漂在水面上看着儿子长大成人。

在羊奶的喂养下，儿子一点点长大。你得修筑一道抵挡大洪水的堤坝，因为牛鼻子开始湿润了。有一天，大胡子连长正和儿子在河里洗澡，突然听见一个女人在说话。可是，毛卜拉草原上的天气一年比一年干燥，河流一年比一年瘦弱，怎么会有大洪水呢？大胡子连长来到这里已经几十年了，从来就没见过一次大洪水。何况，大胡子连长又老又穷，哪有气力和心情去修筑一条遭人耻笑的堤坝。光去照管那三只公羊，他还得让儿子帮忙呢。儿子已经七岁了。他喜欢在河里抓鱼。所以，很多时候都是大胡子连长一个人在牧羊。我必须趁着最后一点力气，多养一些牛羊，好为儿子留下一份不错的家当。等儿子长大了，我就卖掉一部分牛羊，为他娶一个正经人家的姑娘。我可不愿意儿子像村里其他的男人那样，整天游手好闲，荒废时光，到了最后不得不入赘到别人家去，成为一个老寡妇的丈夫。等到儿子结婚了，我就要学着茨仁措姆的样子，让儿子把我的尸体砍碎了丢进河里去。我要和茨仁措姆一起，漂在河面上看着儿子在幸福的生活里一天天变老。等儿子死了，他也会学着我和茨仁措姆的样子，不让灵魂转世，而是要让灵魂漂在河面上。那时候，我们就可以在河面上组成一个完整的家庭，等待孙子们的光临。在这个世界上，还有什么比一个完整的家庭更重要的呢？

下午两点钟以后，藏在大山褶皱里的狼和秃鹫又出动了。它们先是在河床上逡巡一番，没发现什么死尸，然后就来到堤坝那儿。秃鹫在离头三尺的空中拍打巨大的翅膀。大胡子连长觉得那群秃鹫扇起的狂风几乎能将他刮到天上去。狼则吐出长长的舌头，嘴角流着涎水，围着大胡子连长转来转去。它们并不急于进攻，因为一个活人的肉并非轻而易举就能得到。滚到一边去，你们这群让人恶心的脏东西。大胡子连长挥动铁锹，将狼和秃鹫从他的身边赶开。我可不是一块好啃的骨头。狼和秃鹫犹如黑色漩涡，在大胡子连长身边转了几圈，看到大胡子连长不屈不挠的样子，它们就仓惶地离去了。躲在房子里的人又在嘀咕什么。好像有几个男人说，如果再不动手把那头公牛给宰了，它迟早会成为狼和秃鹫的一块肉。尽管它很瘦，但足够全村人吃上三五天的了。屋子里的女人和孩子们像以前习惯的那样，在面临抉择的时候，总是喜欢保持沉默。那几个想要宰牛的男人看着女人和孩子们毫无光彩的眼睛，以为获得了默许。他们开始在地上磨刀子。突然，一个孩子指着窗外惊呼了一声。那可不是一片装满雨水的黑云。男人拍了拍孩子的脑袋说。那是狼和秃鹫的队伍。它们从堤坝那儿撤退以后，就从空中和地面上包围了公牛。公牛喷着响亮的鼻息，哞哞叫唤，两个前蹄不停地刨打地面。几个男人握着刀子，戴上毡帽，像醉汉那样摇摇晃晃地从房子的阴影里走出去。被驱散的狼和秃鹫重新围拢到大胡子连长身边。只差一块石头，堤坝就会修好。如果不受什么干扰的话，大胡子连长可以趁着下午偶尔刮来的一丝风，拼尽他最后一丝力气，从河床上搬来一块石头。河流会在夜晚到来，跟着河流一起到来的，还有你的鱼。大胡子连长又一次听到一个女人的说话声。他站在堤坝上环视一周，看到的活物只有狼和秃鹫。他把目光铺向村庄，想要看看到底是谁在这个炎热的下午，不顾口干舌燥，一遍遍说话。在那排土坯房前的空地上，一群女人和小孩赤着脚，站在滚烫的尘土里。他们对着男人们叫骂着，让他们别再打那头公牛的主意。垂头丧气的男人们丢下手里的刀子，骂了几句脏话就悻悻地回到房子的阴影里，像疲惫的狗一样倒头便睡。在没有秃鹫、狼和男人们的威胁下，那头公牛重又恢复平静。村里最年长的女人看着公牛的鼻子，惊讶地说，雨要来了。公牛的鼻子上像露水一样布满点点滴滴的水珠。几个病恹恹的孩子伸出舌头，舔着牛鼻子上的水珠，很快就焕发了生机。可是，天空中没有一丝云彩。男人们在房子的阴影里嘲笑着那位最年长的女人。看来，她是咱们村第一个被太阳烤疯的人，接下来就该轮到大胡子连长了。没人相信牛鼻子上的水珠可以酿成一场暴雨。但大胡子连长相信。谁若不信女人的预言，他最后得到的将是灾难。关于这一点，大胡子连长深有体会。他一生的懊悔也正缘于此。那年八月，也是一个极端炎热的天气，大胡子连长在河里洗完澡以后就赶着茨仁措姆留给他的那三只公羊去放牧了。他的儿子独自一人在河里摸鱼。鱼群在恐龙蛋一样的石头下面出没。大胡子连长走过羊圈的时候，听到一个女人的谣曲在他的耳畔响起。他驻足聆听，听了好久，才听见她说：你得修筑一道抵挡洪流的堤坝，因为牛鼻子湿了。大胡子连长认为这肯定是村里的某个女人躲在什么地方跟他开的一个玩笑。他又老又穷，每个人都喜欢捉弄他。上一次，因风流著称的秃头女人说，在山脚小路上，有个戴着平顶帽的胖子在等他。那个胖子路过毛卜拉，好像是顺便要给他送一份有关老战士退伍津贴的政府公文。好几年前，大胡子连长在一个用塑料玩具来换羊毛的穆斯林嘴里，听到一个既让他兴奋，又让他伤感的消息——曾经丢弃他的那支队伍赢得了这个国家的政权。从那以后，他就翘首期盼政府人员来，并且答应给他一份退伍津贴。当他听说有个胖子在等他，他就一瘸一拐地跑向山脚小路。虽然他老眼昏花，但他确实看到一个戴着平顶帽的大胖子站在小路上向他挥手。可是，等他兴冲冲跑到大胖子跟前抬头一看，他却吓傻了。那是一头狗熊。它学着牧羊人，把一块干牛粪当作帽子顶在头上。后来，大胡子连长再也不相信女人的话了。女人的话句句都是毒药。他对儿子不止一次地这么讲。

随着太阳偏斜，空气逐渐转向闷热。狼和秃鹫变得骚动不已。如果能把这些讨厌的脏东西赶开，我就能去搬运修筑堤坝的最后一块石头了。否则，我这十年的努力将会随着洪水到来而前功尽弃。可是，狼和秃鹫正在等待眼前的这个活物慢慢倒下去。大胡子连长无可奈何地站在堤坝上。他已经没有力气再去驱赶狼和秃鹫了。但他之所以还双手拄着铁锹伫立在堤坝上没倒下去，纯粹是因为他还心存最后一线希望——见到那条会叫阿爸的鱼。十年来，有个女人总是对他说，再等等吧，大胡子连长，河流会回来的，那条鱼也会回来的。大胡子连长已经有好几年没再信过女人的话了，但这一次，无论如何他都信。但凡美好的愿望他都相信总有变成现实的一天。自从十年前儿子被河流卷走以后，他一直就对自己说，儿子会回来的，他只是乘着河流去一个很远的地方玩了一趟而已，说不定一直漂流到了印度，还拜见了格桑喇嘛呢。十年后，他会变成一个英俊的小伙子回到毛卜拉。大胡子连长对自己的这种想法深信不疑，虽然村里人都说他那是痴人做梦。在这个世界上，凡是善良的愿望都是值得相信的。每逢村人嘲笑他的痴愚，他总是用一句箴言般的话语作为人生的总结。

在暴雨来临之前，我必须从河床上搬来一块石头。大胡子连长再一次下定决心，要冲开狼和秃鹫的包围。他刚一挪脚，就发现堤坝上有一队蚂蚁正在搬家。这是十年来大胡子连长第一次看到蚂蚁。蚂蚁！蚂蚁！你们快来看啦，蚂蚁！大胡子连长兴奋得叫了起来。躺在房子阴影里的男人们无动于衷。又有一个人被太阳烤疯啦，对于毛卜拉来说，这可不是一件好事。男人们撇撇嘴，连头都没抬，继续呼呼大睡。倒是那些睡了一整天的狗醒了过来。它们一个个吠叫着，精神抖擞地从房子阴影里走出来，跑到堤坝上去追逐狼和秃鹫。我们得去把那些狼和秃鹫赶走。大胡子连长听见村里年龄最大的那个女人说。虽然他是个只知道修筑堤坝的傻瓜，但我们总不能眼睁睁看着他被那些肮脏的东西给吃了。于是，女人和孩子们操着各种农具，向着堤坝赶来。大胡子连长终于可以自由了，终于可以轻松自如地去搬运石头了。狼和秃鹫返回大山的褶皱。它们似乎嗅到了暴雨来临前的气息。沉重的太阳也终于落山了。一朵云彩从太阳刚刚落下去的地方徐徐升起。夜幕开始降临。女人带着孩子和狗群撤回村庄。在这百无聊赖的日子里，毛卜拉人学会了早早入睡。他们一旦进入梦境，就会睡得比石头还沉。堤坝上只剩下孤零零的大胡子连长。夜越来越黑。傍晚时分出现在山顶的云彩覆盖了漫天繁星。在荒凉的村子里，大胡子连长隐隐约约看到人们在其中睡觉的那一排土坯房比空地上的那头公牛还要低矮。那公牛似乎恢复了气力，正在缓缓走动。河流快要回来了。大胡子连长重又听见一个女人的声音。她的声音优美动听，因为她又在用谣曲喃喃私语。快点呀，大胡子连长，你再不把那块石头搬回来，可就来不及啦。大胡子连长心里很清楚，如果没有抵挡大洪水的堤坝，河流就会冲上毛卜拉大草原，淹没那里的一切，等到大洪水退去，那条随水而来的鱼就会搁浅在草原上的某个角落里，与溺水者的尸体躺在一起。可是，我的身上连一点力气都没有了。大胡子连长沮丧地说。十年来，泪水第一次盈满他的眼眶。为了这条堤坝，我已经把自己给耗干了。就剩下那最后一块石头了。女人的声音再次传进大胡子连长的耳朵里。大胡子连长挣扎着挪动了一下脚步。他听见噗通一声，好像有块石头从堤坝上坠落下来。他还听见自己拼尽最后一丝力气，对那个只闻其声不见其影的女人说：我该休息一下了，因为我已经整整十年没睡觉了。如果那条会叫阿爸的鱼回来的话，请你千万别忘了叫醒我啊。我会用一辈子去感谢你的。沉沉睡意一阵阵袭来。大胡子连长听见一个女人哼唱着一首动人的谣曲。就差最后一块石头,你的堤坝就修好了。隐隐约约地,他听见那女人在结束动人的谣曲时,最后就说了这么一句话。不对,好像那女人并未结束动人的谣曲,好像她还在断断续续地说,只是因为大胡子连长的耳朵里灌满了大洪水的声音,所以他才听不清楚女人到底有没有再说些别的什么。

# 蜜蜡一样的黄眼睛

她触到了梦的边缘她甚至看到太阳正在死去而大地一片黑暗数不胜数的星星仿佛迁徙的鸟群掠过远处绵延不绝的莽莽群山她看到七岁的女儿卓玛掌灯而行并用一头借来的犏牛套着板车向着毛卜拉草原缓缓前进。

现在你付出。是的，你付得慷慨。

你是个有意思的人，有人来到你这儿

总是带着意外的收获离去：

重新钩沉出来的奖座；一些奇怪的建议；

没有用途的真相；还有一两个故事，

充满了曼德拉草的麻醉味，或者别的什么

可以证明有用但从未证实过，

从未恰配一个角落或者显示一份用途。

日子天天过去但从未找到属于自己的时辰……[1]

——埃兹拉·庞德（Ezra pound）《一个妇人的
肖像》

---

1　张曼仪主编《现代英美诗一百首》（台湾"商务印书馆"，2001年）中梁秉钧所译庞德诗作第一首，稍有改动，特此说明。

如果我死了，那些男人是不会忘记我的。

世界的第一阵黑暗像一叶小舟般被疼痛的激浪冲向她脑海时，她就是这么想的。她知道这个想法由来已久，但确切时间她不记得了，没准是她被沙尘暴刮上天空从而永远离开毛卜拉草原的那几个月空旷而又漫长的时间里产生的。每当她想到死亡，那场席卷整个毛卜拉大草原的沙尘暴巨魔般恐怖的阴影仍会在她干燥的内心深处响起绵绵不绝的回音。此刻，那沙尘暴的回音在她心底重又翻腾起来。是的，没错，就是那场沙尘暴。她捂着脸喃喃自语感到灼热的血液泛着泡沫仿佛倾巢而出的蜜蜂从眼眶里涌出并在她冰凉的指缝间搜寻慌乱的路径。她没有丝毫惊恐，仿佛这突如其来的不幸对她而言竟是一件期待很久的梦想终于变成了现实。

美是一种负担。自从她跟第一个男人有过亲密接触以后她就明白了这一点。美，确实是一种负担。为了摆脱这种负担，她耗去了二十七年光阴但她从未因为这种负担而恨过男人。为什么要恨呢？直到这不幸发生的时刻她都不曾恨过那些男人。相反，她是多么热爱那些男人啊！那些从黑夜里来又从黑夜里去的男人赤身裸体在她那张悬空吊起的柳木床上取消了高低贵贱和贫富美丑仅仅以灼热的呼吸和婴儿般恬静的睡眠度过销魂极乐的一夜。

她无时不在想念那些男人。如果我死了，那些男人一定会记得一双蜜蜡一样的黄眼睛。她回味着秘密的心事顾不得再去考虑这个星期天的早晨她该去做些别的什么。不管是过去了多少年不管是定居在这个日渐荒凉的县城里还是偶尔路过这个不易记住名字的县城只要那些男人还有心情唱歌还有那种能把女人的乳房梦成鸽子或鲤鱼的天真，他们肯定不会忘记一双蜜蜡一样的黄眼睛。或许，别人和她一样，也是这么想的。在这个被秋天的沙尘暴染成玫瑰色的早晨，和她一样无所事事的人们还能想些什么呢？他们没准真的和她一样只要有人从这个县城出发去拉萨朝圣抑或去做羊毛生意总会有人从他们的身上嗅出这个县城独特的气味一种沼泽般的气味总会有人向他们打听一个女人。

她长着一双蜜蜡一样的黄眼睛。

蜜蜡一样的黄眼睛？没错没错，正是那一双蜜蜡一样的黄眼睛。

一说到蜜蜡一样的黄眼睛他们肯定会立刻想到她。发生在这女人身上的不幸像这个县城的气味一样带着沼泽般广阔的凄凉与动物腐烂的尸体般无可挽回的绝望附着于那些男人的身体在西藏的各个市镇传播开来。想到这里她感到无比欣慰甚至有种不可言喻的幸福轻轻摇晃着她那弱不禁风的身体让她忘记了眼眶里那种空荡荡的痛楚。

此刻，她听见远处街道上传来乞讨的盲艺人唱出第一声凄凉的歌曲。噢，已经七点了。她嘟嘟囔囔地说。噢，天亮了。她打开一道窄窄的门缝丢出一枚镶着绿松石的金戒指然后迅疾拴上门闩躲在门后对那七个躺在客厅木头地板上睡觉的女儿提出了自己的请求：到桥头穆斯林开的布料店里给我换一匹做袍子的红缎子去。

大约过了半小时她听见盲艺人戛然终止的歌声接着便是一阵上学的孩子戏耍盲艺人的喧闹声。一只蚂蚱躲在某个角落里唱着凄凉的秋歌。她听见七个女儿依次爬上独木梯。蓦然，一种难言的苦楚揪住了她的心。她知道，从今天开始，她就再也不能照顾她们了。她想到了七个女儿惨淡的未来。不过, 她们未来的生活或许跟她想象的完全相反。对于她那七个女儿来说在摆脱了母亲的管束以后或许会有一种从未经历过的自由仿佛她年轻时过于旺盛的乳汁将她们喂养成眼放绿光的七匹小母狼。她们的羊皮袍子将会变得破破烂烂的塞满蛇青蛙喜鹊蛋和豌豆角她们会像猪崽一样在街头的淤泥中打滚以便淹死身上的虱子和虮子她们会到河湾那边回族穆斯林的屠宰场去跟野狗和秃鹫争抢牛羊的内脏然后喜滋滋地带回家熬成汤她们会到菜市场和骡马市场上去偷汉族菜贩子和蒙古族商人的钱包因而常被人打得鼻青脸肿她们将经常爬上寺院后面那座积石山顶的天葬台赶走秃鹫然后翻检死人的断肢残骸虽然天葬师仁青一再警告她们说公秃鹫最喜欢吃的其实是女孩子的乳房和眼睛……她们将会以此为乐。谁能保证说这样的生活不是幸福的呢? 当然, 那些多年来一边绕着寺院转经一边诅咒她的老处女看到这七个女儿野里野气的样子或许会暂时摘下伪善的面具忍不住叹息一声: 真想不到, 环措姬居然也有这样不幸的一天。她管不了这些了她也没有多少时间来管这些事情了死之将至她有更为重要的事情去做。

一接到女儿从门缝里递进来的缎子布面她就赶紧拴上门闩躲在阴冷潮湿的厨房里忙着为自己缝制一件能穿进棺材的缎面袍子衬里用的是四张完整的雪豹皮。作为一个不曾有过婚礼的女人她想在走进棺材的那一天显得体面一些。这种想法由来已久。大约是第一批汉人来到这个县城的时候她目睹了几个汉人的葬礼然后就对七个女儿说等她死了她也想和那些汉人一样穿着华丽的寿衣像个贵妇人似的躺在画有龙和鲜花的棺材里一边听着乐手们演奏的安魂曲一边走进土地深处。她和汉人一样始终相信土地是灵魂最好的居所既然土地能够保存树和庄稼的种子那就一定能让人的种子保持不朽。她总是这么说。要不然，人类会灭绝的。但是，按照藏人的传统一颗高贵而纯洁的灵魂应该借助水火风甚至空才能顺利进入中阴的漫漫黑暗并在黑暗里找到轮回转世的六条路径。业力之风自从宇宙的巨卵浑沌初开之际就开始绵绵不断地从那六条路径的尽头刮来。她也知道在西藏自古以来只有得了传染病的人才会在死后葬入土地为的是防止可怕的霍乱病菌鼠疫病菌和麻风病菌污染水火风。既然别人不愿意到土地深处与传染病人的灵魂生活在一起那就让我去吧。她相信自己的七个女儿不会忘了她说过的这些话。在人世上我不干不净地活了一辈子说不定在地下那些传染病人的灵魂会把我当成一个来自水中的女人。就在昨天晚上一只躲在某个角落里的蚂蚱停止鸣叫而沙尘暴刚好从县城外面的田野上刮过来的时候她对七个女儿说了这些略显深奥的话。她本来以为这些话会吓着他们可是相反她那七个小兽般野蛮的女儿哈哈大笑着说等他们死了以后也要住进土地深处不是像来自水中的女人一样而是像植物的种子等待发芽。她们的这种说法既让她吃惊又令她宽慰。她们没受到县城里那些富家女人风言风语的影响。在她观看了好几次汉人的葬礼然后对别人宣称她将用土葬的方式为自己的生命画上句号时那些富家女人就说这都是那些新近迁来的汉人把她给教坏的。有了这一回考验，她愈发信任自己的七个女儿了所以昨天晚上汉族骗匠揶揄她的那一番话肯定不会让她的七个女儿对她心生反感。

　　昨天晚上沙尘暴越刮越烈紧闭的木门和窗户上传来一阵又一阵仿佛冰雹击打树叶的声音。汉族骟匠把他那件落满铁锈色沙尘的汗褐丢在门外赤着上身闯进了客厅。他的脸庞和胸膛残留着从牲畜的睾丸和卵巢上溅去的血迹。由此证明这整整一天他一直忙着骟马和劁猪。地下的鬼魂需要的不是来自水中的女人。在催促她快去厨房里睡觉的时候骟匠肆无忌惮地当着她七个女儿的面说出了不敬的言辞。住在地下的男人需要的是一个随身带着床的女人。她毫不介意。和往常一样，她将他拽入厨房熄了灯很快便开始呻吟和哭泣。这是她幸福的表现。每当有男人来过夜她总要不停地呻吟和哭泣仿佛这是她无法医治的一种疾病。厨房里那张用柳木板做成的床噼里啪啦地响着像要散架的样子。汉族骟匠粗重地喘息着并且不间断地咒骂着。别再妄想了，环措姬，到了地底下，你还是个婊子。鸡叫第三遍的时候汉族骟匠走了客厅的木头地板上响起他那有力而凌乱的皮靴声那皮靴声一定能将她的七个女儿从梦中惊醒。狗娘养的灯泡存心要日弄人。她听见骟匠在咒骂厨房里那只烧断了钨丝的灯泡。朝向沼泽的大门敞开着蜂群一样嗡嗡作响的沙尘扑进客厅。汉族骟匠踢踏踢踏地走在石子路面上的皮靴声越来越远。她的七个女儿在各自的羊皮袍子里扭动身子叽叽咕咕地诉说彼此的梦。她们刚从睡梦中醒来而略带沙哑的嗓音在这寂静的凌晨听起来就像是牛犊反刍着夜草。

　　名叫央的大女儿说她梦见自己长着男人的身体用男人的眼光看待世界尤其让她感到惊奇的是这个男人具有飞行的本领。她／他看见一个断了右腿而且瞎了眼睛的汉族女人在一间酒吧屋里忙碌着。她／他静静地看着看她跪在地上摸索着擦洗地板看她打开衣橱抚摸着一件件皮草和棉麻做成的衣服看她用两只球形的玻璃器皿煮咖啡看她守着窗户长久地发呆……她／他知道她看不见她／他因为她／他是个没有形体的人但她／他害怕被她碰到。多少次她／他想轻轻地叫一声阿妈阿妈可是话到嘴边她／他又忍住了。她／他没有勇气当着她的面叫一声阿妈阿妈同时她／他又担心自己叫出一声阿妈会吓着她。在她突然转身或是抬起头来时她／他得慌慌张张地飞起来以免被她碰着。有时候她／他不小心触到了用玻璃球和塑料珠做成的门帘她就会停下手中的活站在原地听上好半天。她／他知道她看不见她／他但她／他还是担心被她发现。有一次，她／他正要拂去她头发上粘着的一粒尘土她像是感觉到什么似的突然用手在她的头顶疯狂地挥舞。她／他吓得腾空而起慌慌张张在屋子里乱飞。她像只猎犬一样耸着鼻子仔细地搜寻。她对每一个角落也不放过。她似乎嗅到了她／他的踪迹。她／他紧贴天花板俯瞰这个过于敏感的女人。整整一夜她一刻都没闲着借助一对拐杖她用那条健全的右腿跳着从窗户到门再从门到窗户。她像个在田野上捉蜻蜓的小姑娘。等到晨曦透进酒吧屋等到她打开窗户放进清晨第一缕香甜的空气她／他就飞出窗户贴着八廓街上石头铺成的路面缓缓飞行。如果遇到早起转经的人她／他就摆动双臂稍微使点儿劲在转经人的头顶飞过去。到了八廓街东南角有着一座三百年老房子的地方她／他就斜着身子穿过一条狭长的巷子巷子两边矗立着高及天空的红砖墙一座古老的寺院坐落在在巷子尽头寺院阁楼

176

里一副被人遗忘的唐卡就是她／他的家。好多次，她／他都强迫自己老老实实地待在唐卡当中不要再去骚扰那个可怜的汉族女人但她／他做不到。思念如万箭攒心使她／他对每天必临的夜晚既爱且恨。那个汉族女人渐渐地渐渐地觉出自己居住的房子在夜里就会有些异样。她觉得有双眼睛盯着她。当她和某个不约而至的情人开始做爱时她能感觉出那双异样的眼睛溅出了妒忌的火星于是她请来一位跟鬼神打了多年交道的喇嘛。喇嘛念了经做了一个施放朵玛的法事。从那以后她／他就再也没去过那个酒吧屋……

　　名叫卓嘎的二女儿说她梦见自己正在攀登一座草木稀疏的大山。她不是唯一的攀登者但她却是最后的攀登者。那些越过她的登山者躺在半山腰的一块草地上唱歌。他们是一群年轻的汉族男女每个人的脸上都带着轻佻和傲慢的表情。那是城市人特有的一种表情当然死人也有那种表情。她觉得他们脸上的那种表情有些熟悉估计是她看死人看多了的原因。他们的歌声打扰了山洞里隐居的格桑喇嘛这让她感到隐隐的愤怒但她什么都没说。这一天是个朝拜神山的日子按照藏人的规矩朝拜神山时是不能说话的因为山神不喜欢人的轻慢。等她攀到半山腰时那些早先到达的登山者已经吃过了午饭正在收拾背包准备继续攀登。没有人同她打招呼。她也懒得搭理他们。她听见隐居在石头小屋里的格桑喇嘛说：早该开辟一条直通山顶的坦途，让山顶人居住的村庄成为一个旅游胜地。她举首遥望只见广袤蓝天下俄日朵峰显得比往日更加孤独也更加宁静。她对格桑喇嘛的话有些疑惑因为山顶上根本就没有人烟多少年来山顶上荒芜得连一根草都不曾长过。虽说格桑喇嘛能看见神和鬼的世界但她不知道他说这番话究竟是什么意思。她从未听说过山顶上曾经居住过人类至于那个和豹子生活在一起的野人早在几年前就在一次雪崩中失踪了。她想冲着幽深山洞问一问格桑喇嘛他说的那句话究竟是什么意思。就在那时，一名穿红袍的藏族少年骑着一匹枣红马在陡峭山路上俯冲而下。马跑得那样快，几乎要摔倒的样子。她盯着骑马少年感到一丝不祥的预感在她的脑海里一闪。快逃命吧！少年勒紧马嚼铁让那匹疾驰中的枣红马停下悬空的四蹄。马嚼铁勒得枣红马呲牙咧嘴而且还渗出冒着泡沫的鲜血。快逃命吧！少年加重了语气冲她说话。山顶上放牧豹群的女人正在诅咒太阳显然她是疯了。名叫卓嘎的女儿微微一笑然后继续登山不再理会那脸色苍白的少年。别去山顶……少年带着哭腔央求说。无人管束的豹子已经吃掉了那群从城里来的汉人。这是她意料中的事情但对自己的安危她有充足的理由无需担心因为那个放牧豹群的女人正是她三年前离家出走的母亲……

三女儿兰曼措说她梦见一个缠着黑头巾的女人在拉萨老城冲赛康巷的巷口光着下身泰然自若站在一爿店铺的柜台后面数着手里那一叠比砖块还要厚的钞票。兰曼措看见她黑色的生殖器那是男女生殖器的混合体阴毛覆盖着小小的阴蒂在阴毛覆盖不到的地方挺立着一根阴茎。陌生的男人蜂拥而至声称是来抢购商品实际上是为了一睹稀奇。兰曼措对眼前的一切漠不关心她认出了那不知羞耻的女人其实是抛弃了女儿跟随一个汉族男人私奔了的母亲……

四女儿央嘎用一种犹犹豫豫半信半疑的语气说她梦见自己日

178

日面对的大沼泽中心那个落满秃鹫的荒洲上长出了一棵菩提树一种梯形的彩虹落在荒洲上为菩提树提供着营养这使菩提树不断生长在发生日全食的时候菩提树繁茂的树冠伸进了太阳的心脏她听见太阳因为疼痛而发出一种类似鹧鸪的叫声。那招引央嘎走向毛卜拉草原的班丹拉姆女神用一种野兽的声音说：太阳死了。央嘎假装没听见她只是埋头赶路双脚踩着班丹拉姆女神留在石头上的脚印。一种淡蓝色的光好像来自地球本身让渐渐临近的毛卜拉大草原愈来愈清晰。她先是听到河水哗哗流淌继而看见领路的班丹拉姆女神闪身进入河边的寺院。央嘎在寺院门前久久徘徊最后鼓足勇气走了进去。寺院的大殿里供奉着班丹拉姆女神的镏金青铜塑像。这位常在墓地中央居住的女神许多人听到过她那尖锐的叫声。一位侍神的老喇嘛用食指在班达拉姆女神的镏金青铜塑像面前那道红色幕帘上写下一行字。花儿与一支笔的春天。这就是班丹拉姆女神赐予你的名字。侍神的老喇嘛对她说。作为班丹拉姆的女儿享有这个高贵的名字你当之无愧⋯⋯

五女儿茨仁央宗兴奋地说她梦见自己揪着自己的头发像是跨过一道门槛似的轻易迈进一部正在播放的露天电影。她轻轻合上身后那扇用光做成的门一脚踏入电影中的青藏高原。荒凉大地波涛般起伏不定。摇摇欲坠的红色天空中无数铁鸟缓缓飞行。一个面容熟悉但又不知名字的女人自称是她的母亲并且送给她一匹套上鞍鞯的铁马。她骑着铁马周游大地。金色鲤鱼在尘土中一边游泳一边唱着一支古老的西藏情歌。过了很多很多年她才意识到自己不是骑马行走在坚实的大地上也不是骑马翱翔在虚幻的天空中而是骑马不停地往下坠往下坠……

　　六女儿吉桑用一种由于害怕而有些颤抖的语气说她梦见自己沿着沼泽边缘的石子路踽踽独行一直向西走出县城。她走了很久很久漫长的时光像河流一样在她身后汩汩流淌。到了一个名叫毛卜拉的村庄那站在倾圮土墙下撒尿的男人用一双蝙蝠的眼睛打量着她。斑驳的土墙衬托着他畸形的身影。这是一种恶兆。她的心中掠过一道冰凉的阴影。她掉头走进一条小巷巷子通向旷野她在旷野里看到一眼清泉仿佛是热疯了似的她跳进泉水突然之间她发现泉中潜伏着一种既像蟾蜍又像蝾螈的动物在那古怪的动物身边漂着一层无头的鱼尸。又是一道冰凉的阴影掠过心头。她急忙从泉水中出来令她惊奇的是她的身上竟然没有一滴水珠。曾在村口遇见的那个身材畸形的男人走过来对她说了一句莫名其妙的话。那年秋天我给你母亲的针线是一种诅咒。怎么可能呢？她想。母亲从未提起过这件事。不过，我赠她针线纯属一片好意，那个畸形的男人继续说，关键是你母亲最后成了一名妓女这让针线蒙上了一层耻辱的锈迹。可我的母亲已经死了。她说。在这个世界上如果有一个男人仅仅一个男人能在雨季到来之前看我母亲一眼的话估计她会一直活到现在……

　　就这样六个女儿一边吃着蜥蜴和壁虎一边讲述各自的梦只有七女儿卓玛默默不语。在姐姐们的一再催促下她才吞吞吐吐地说了一句让大家不以为意的话：我梦见一只游隼叼走了阿妈那双蜜蜡一样的黄眼睛……

　　她静静地坐在床沿上像荡秋千一样轻轻摇动身体静静聆听七

180

个女儿的梦。有那么一会儿她觉得自己刚刚做了一个梦中梦。她梦见了七个女儿的梦。这种奇怪的感觉让她弄不清自己这会儿究竟是醒着还是睡着。为了弄清现实与梦的界限她喁喁喁喁地叫唤着客厅里那只像皇帝般幸福的公鸡和它的十三只母鸡。客厅里骚动起来公鸡拍打着翅膀母鸡咯咯咯咯地叫着天亮了。她确信：天亮了。她能想象出七个女儿此刻正朝厨房张望的样子。她们期待着她跟往常一样从厨房里走出去为她们送去酥油茶和糌粑。她曾经严厉警告过她们不许她们踏入厨房一步这使厨房在七个女儿的眼里神秘如同一个古老的岩洞不过她无法保证七个女儿绝对不会进入厨房特别是她在夏天的夜晚去河里洗澡的时候。就她们那种野惯了的性格任何禁令都不会阻止她们的好奇心。她们一准偷看过厨房里的锅碗瓢盆和一位被她当作自己的保护神而夜夜膜拜的黑色夜叉她们一准还看见哑巴木匠做的那张柳木床高高地吊在天花板上像飞机一样。这个景象一定会让她们迷惑很久。每过几个月她就得请那位住在河边的哑巴木匠做一张新的柳木床放进厨房里去每次看着七个女儿那种诡异的表情她就暗自好笑。她们肯定以为我是个喜欢吃床的怪妈妈。她想。她们肯定以为我这个怪妈妈得了一种见不得人的病所以才这样待在厨房里对着黑色夜叉女嘀咕一些没有头绪的事情。那只四十瓦的灯泡她从不打开似乎黑暗是她与生俱来的遮羞布。她热爱黑暗。同样是出于一种善恶难辨的激情，她痛恨光明。每年仲夏她都会受到一种魔力的蛊惑从厨房的窗口那儿爬上屋顶像个魔法时代的女巫指着正午的太阳喃喃自语。别太嚣张了，太阳，等我死的那一天，你也会自焚成一片淹没宇宙的灰烬。两点钟以后她就像个疯子一样脱光衣服由最初的喃喃自语变成狂呼乱叫。别太嚣张了，太阳，总有一天，你也会死的。直直射下的阳光将她的影子压扁扭曲使其变形为一摊尿迹样的粘液。从餐馆流出的馊水油混合着从公共厕所溢出的屎尿通过老鼠疯子流浪汉和无名死尸占据的下水道汇聚在她家门前那片经常淹死小孩和狐狸的沼泽。看热闹的人们站在临近沼泽的公路上不避沼泽深处被太阳搅拌而出的阵阵恶臭。看呐，那个跟种马和公驴睡过觉的女人每年夏天都会发一次疯。她的耳朵里隐隐传来太阳的嗡嗡声传来鬼魂的私语传来那些停留在中阴里的人们长时间以气味为食的咀嚼声还有那些生活在这个县城里的富家女人对一些新近才迁来的人或者是一些过路人说她坏话的窃窃私语。你得当心，她的疯病是会传染的。正是基于那些富家女人的这种共识早在她的七个女儿诞生以前她们就撺掇各自的男人让他们利用手中的权势把她赶到县城边缘靠近沼泽的那块空地上去。每逢雨季那块空地就会被沼泽湮没。她像一只孤独的蚂蚁经过几年的积累终于为自己建起了这座由一个客厅和一个厨房组成的小木屋吃饭的时候客厅就兼作餐室十三只母鸡在一只公鸡的带领下每到夜幕降临就会早早回到客厅里过夜四根粗壮的松木柱子伸进沼泽深处牢牢支撑着这座涂上赭红色颜料的空中小木屋柱子上经常盘伏着猎食老鼠的蛇。寺院里的觉嫫劝她在屋顶竖起五色经幡在门前撒上风马她却冷漠地拒绝了。不要再麻烦菩萨和神灵了，她说，我是个注定要下地狱的女人。起初客厅空空荡荡除了陌生男人留下的脚印再就是满地乱跑的蜥蜴和墙壁上像痰迹一样纹丝不动的壁虎后来相继出生的七个女儿逐渐挤满了整个客厅她们抓起地上的蜥蜴和墙上的壁虎不加咀嚼就吞进肚子在夜里她们就在木头地板上铺上羊毛毡再把身上的山羊皮袍子当成被子。她们心安理得地睡眠从未担心过什么即使是在大洪水第一次淹没小镇的那年夏天她们也睡得无比香甜她们甚至也不为那些陌生男人或丑陋或凶恶的面孔在傍晚与黎明莫名其妙地出现有过丝毫不安。唯一让她们害怕的是母亲一年一度面对太阳的诅咒她能从她们的眼睛里看出这种恐惧。和县城里那些富家女人一样她们认同这样一个迷信：母亲的眼睛之所以有着蜜蜡一样的黄色是由于她直视了正午的太阳所致那双蜜蜡一样的黄眼睛似乎具有太阳赐予的魔力能把男人最阴冷最绝望的心燃成一团抽搐的火焰但她的内心深处却阴冷至极似乎只有黑暗只有那种能使世间万物趋于寂灭的黑暗才能让她享受常人难以体验的欢乐。她比一年当中最黑的黑夜还要黑暗似乎她最初并不是一个从人类的子宫中孕育的胚胎而是一块煤炭直接取自亘古的矿脉。她陷在沼泽般的时间里既无起源也无终点而她之所以如此憎恨太阳或许是因为她天生就害怕燃烧。自从游隼叼走她那双蜜蜡一样的黄眼睛以后她非但没有痛苦地捶胸顿足或者嚎啕大哭反而显得怡然自得间或还会哼唱一两句流行的情歌仿佛这悲惨的事件打从她懂事起就已经开始了热切的希翼与憧憬。所以，此刻的她正心安理得地躲在黑暗里像只孵卵的雌蛇。

孩子们在外面吵吵嚷嚷地说话。阿妈，我们给你换个新灯泡吧。她充耳不闻。阿妈，我们就拿昨天捡到的天鹅蛋去给你换个新灯泡吧。在灯泡的钨丝没烧断以前她记得那个汉族骗匠从她的肚皮上爬起来咕咕囔囔地说要去沼泽边撕一把艾草或者马齿苋来吃。他说他好几个月都没吃东西了大概是看多了被他阉割的畜生所以他一想到食物就恶心。他就是这么解释的。她记得灯光照在他的胸脯上让那几块从畜生的睾丸和卵巢上溅出的血迹变得既鲜艳又残忍。后来她听着客厅里七个女儿的梦呓和鼻息慢慢睡着了。灯泡是什么时候坏掉的？她没有记忆。她睡得迷迷糊糊的只觉得有股被露水打湿的青草的味道直往她鼻子里扑。等到骗匠像一头吃饱了的公驴懒洋洋地重新爬上她的肚皮时她听见他恶狠狠地在咒骂那只灯泡还说那肯定是一只蝙蝠干的坏事为的是让一只游隼能够在大白天轻而易举地闯进来。

跟往常一样现在的她依旧固执地反对女儿们要给她换一个新灯泡的主张。她连一盏煤油灯都不需要。在黑暗里她摸索着从散发着樟脑味儿的床头柜里找出针线凭着以前做针线活的记忆她熟练地穿针引线在褥子和羊毛毡下面她翻出那四张有点腥气的雪豹皮。

大约是上午七点多钟她听到街头的盲艺人拉响了扎聂琴于是就把门开了一个小缝从里面丢出一枚镶了绿松石的金戒指。到桥头穆斯林开的布料店里去给我换一匹做袍子的红缎子。她说。找剩的钱你们买糖果吃去。七个女儿只听见她的声音。她们看不见她的脸她们不知道她身上发生的不幸她们不知道她是如何适应黑暗的也不明白她怎能在石头般沉重的黑暗里穿针走线缝制出一件漂亮的缎面袍子。

这是她失明的第一天。隔着厚厚的门板她听见名叫央的大女儿说：阿妈，你若是需要光，我们就给你光。她像一包装满金属器皿的褡裢那样没有一丝动静。她感觉七个女儿把耳朵贴在门板上想要听到她的心跳。她们担心我已经死了。她想。如果我死了的话她们得去大街上把这悲伤的消息告诉给那些一边喝酒一边打麻将的男人她们还得整天站在公路中央拦住每一辆经过县城前往拉萨的卡车叫那些因为连夜开车而熬成兔子眼的男人从车厢里出来；如果夜幕提前降临她们就该赶去寺院的康村对那些刚刚念完经的扎巴说：我阿妈死了你们应该去看看她如果你们有谁想要还俗的话就把我们收养了吧说不定我们就是你的女儿呢。她们就是这样盘算的。她听见七个女儿嘀嘀咕咕地好像在商量着什么。也许，她们之所以像从前那样要对那些男人低声下气地说傻话并不是为了给自己找个家或者别的什么。她想。她们的目的也许是想让那些男人给我这个被命运摧残的女人张罗一场像样的葬礼。她们想的可能和她一样。作为一个女人她一生中不可或缺的一样东西应该是婚礼如果她由于贫穷或者丑陋而不曾有过婚礼的话用葬礼来弥补也不失为一种令人欣慰的事情。她们以为这是她梦寐以求的。就这样吧去央求那些男人帮帮忙让这位直到失明的前一天晚上还在床上为了男人的快乐而辛苦劳作的女人拥有一场像样的葬礼。她的七个女儿一定会和这个县城里最善良的人一样想事情。于是她坐在轻轻摇晃的床沿上一边缝制着袍子一边想象七个女儿正在走上街头的样子她们每个人肩上披着的一百零八根辫子油亮油亮的闪着珍珠般的光芒她们向每一个遇见的男人先说一声扎西德勒然后再问一句话。你还记得蜜蜡一样的黄眼睛吗？没人会回答她们。那些男人连毡帽的帽檐都不抬一下。关于这一点，她比谁都清楚。那些男人低低的帽檐下沥青一样的阴影由于正午直射的阳光而变得又浓又黑挡住了他们黯淡无神的眼睛她们看不清那些男人的眼睛里是否盛满了泉水一样的悲哀。县城里的富家女人也会在她们背后指指点点说三道四她们一定会有一种怪怪的感觉仿佛脊梁骨上趴着蝎子。七个女儿分别走进甜茶馆台球房和电影院向每一个男人说一声扎西德勒然后再问一句话：你还记得蜜蜡一样的黄眼睛吗？所有戴毡帽的男人全都拉下帽檐装作呼呼大睡的样子而那些不戴毡帽的男人则像是突然想起了什么紧急的事情对身边的人连一声招呼都不打就匆匆离去了。关于这一切她就是瞎了也能看得清清楚楚。她还知道陪伴着那些男人的女人一声不响装作满不在乎的样子但是她们眼角的余光却一刻也不会离开男人的脸庞。

黄昏的时候天空中刮来一阵又一阵更猛烈的沙尘暴整个天空都被沙尘染成了血红色沙尘暴把地面上的垃圾和一些留在路边的动物尸体刮上了天空她听见今年的沙尘暴比往年来得更猛烈。这样的沙尘暴让她想到了世界的末日她期待着世界末日的到来其热忱绝不亚于诅咒太阳的死。这样也好，让太阳和这腐朽堕落的人类一起死亡吧！让盲艺人的扎聂琴哑了吧！可是，不，盲艺人依旧弹着扎聂琴唱着一首兴高采烈的歌他肯定是用腰带把自己拴在了一棵大树上要不然他会被沙尘暴刮上天空的。此刻，喧嚣的天空动荡不已无数家畜的哀鸣在空中飘来飘去她还听见鱼在天空中惨叫。有确凿的记忆可以保证，她听见的，正是鱼的惨叫。那年她被沙尘暴刮上天空时她的身边除了猪狗牛羊再就是用笨拙的姿势时飞时停的鱼。她能想象出七个女儿躲进靠近电影院的甜茶馆。在这样的天气走路，她们会被沙尘暴刮上天空的。镇上那位老得让人记不清年龄的索南达吉老爷爷也许正躲在甜茶馆里眼神空茫地对着电视机回忆着这个小镇上第一次刮沙尘暴的情景。多少年来，他一直就是这个样子，既不显老，也不显年轻。他的记忆力好得出奇他一准记得第一批拓荒者在军队的保护下垦荒屯田的情景大片的草原就是在那一年消失的。那一年长及马腹能打湿骑手马靴的青草变成了燕麦和青稞第一茬燕麦和青稞收割后不久光秃秃的田野上就刮起了一阵阵的沙尘暴漫天沙尘遮天蔽日。一种吞没世界的光，半朦胧半黏稠，像猪血一样，把人们的脸庞映照得格外吓人。那一年，沙尘暴刮了七个月零九天。被沙尘暴带上天空从而在人们头顶飘荡了七个月零九天的枯枝败叶骡马牛羊鸟的翅膀鱼的骸骨和人的尸体终于降落下来被厚厚的沙尘覆盖接着又被雨水冲洗。随着枯枝败叶骡马牛羊鸟的翅膀鱼的骸骨和人的尸体一起飘落在县城里的是那个名叫环措姬的女人她自天而降毫发无伤地站在县城中央的广场上。和所有的奇迹一样她的降临在县城里各个阶层的人物当中引起一轮久久不能平息的骚动。没人知道她来自哪里。面对那些好奇心很强且又喜欢寻根究底的人她对自己的来历守口如瓶。和所有的奇迹一样，她受到人们的尊敬和膜拜。人们叫她圣女环措姬。许多麻风病人从山谷里跑出来希望她的手能为他们愈合脓血模糊的伤口。有一位接连生了十四个聋哑儿的妇女从很远的山区叩拜着等身长头一路走来希望圣女的歌声能唤醒她儿子沉睡在灵魂深处的听力。那些捏着砗磲念珠摇着转经筒整天绕着寺院转经的富家女人撺掇她们的丈夫让他们为圣女环措姬在靠近寺院的山坡上捐资修建一座带花园的二层小木楼楼上的每一个窗户都要装上玻璃。弄不好，索南达吉老爷爷给她的七个女儿讲述了这件往事。在这个沙尘暴肆虐的早晨她不希望自己的女儿因为母亲自天而降的奇迹而有丝毫的虚荣她也不希望自己的女儿因为听到了索南达吉老爷爷的感叹而心生恐惧她了解索南达吉老爷爷。他是那种由于年纪太大而喜欢预言未来的人。谁能保证这不是又一场大叛乱的前兆呢？索南达吉老爷爷肯定会这样说。一想到七个女儿会因此而恐惧而战栗自己却爱莫能助她就又急又气地埋怨自己说自己是个废物是个不如早点死去的废物。她不明白自己到了这种时刻竟然还有这种眷恋尘世的心情。这真是一种羞耻。连太阳都会死。

一想到太阳的命运她就释怀了也能够聚精会神地缝补这件陪她进入坟墓的袍子了。有一阵子，躲在某个墙角的蚂蚱不叫了。在街道拐弯的地方乞讨的盲艺人也歇下了嗓子。这一切表明，沙尘暴有所缓和。又过了一阵子她听见七个女儿挨次爬上独木梯的声音躲在客厅里的十三只母鸡和那只皇帝般的公鸡咯咯咯咯地叫了起来七个女儿嘀嘀咕咕地说着什么她们站在大门那儿以为厨房里的母亲听不见她们的说话声。但是，她们错了。自从游隼叼走了她的眼睛以后她的听觉就变得越来越敏锐她能听见太阳正在死亡的声音那声音跟白蚁蛀蚀木头时发出的噬噬声一样。七个女儿不知道母亲的耳朵已经变得像一只可以到处飞舞的蜜蜂。她们在嘀嘀咕咕。没有人记得那双蜜蜡一样的黄眼睛了。她们相互之间用一种悲伤的语气在说话，仿佛母亲已经死了似的。她打开门，只留了一道缝隙。像是召唤一股风似的，她将绸缎从那道缝隙里拽了进去。

央，到拉萨去找一个名叫巴巴益西的老游击队员吧他是你的阿爸。她对名叫央的大女儿说。那个男人的脸上有道刀疤。中午还不到，名叫央的大女儿什么都没说就搭乘一辆开往拉萨的卡车走了那辆卡车是一个流动的妓院。告诉开车的司机，就说你是环措姬的女儿。她像是在赠送一件礼物似的对女儿说。但你千万别吃那些妓女给你的食物因为她们的食物能传染堕落的思想。名叫央的大女儿走后她嗅了嗅空气觉得沙尘暴减弱了一些。这是出远门的好时刻。她一边做着针线活一边想着名叫央的大女儿乘车走出小镇的情景。小镇之外，秋天的大草原碧绿一片。这是可以想象得到的因为霜降还没到来名叫央的大女儿肯定会很快乐这也是可以想象得到的因为这是她第一次走出荒凉的小镇她将呼吸到新鲜的空气也会看到太阳像洗过了一样挂在透蓝透蓝的天上。自从第一场沙尘暴在这个小镇上刮过之后尿液一样污浊的尘埃弥漫在又咸又臭的空气里一直没有落定人们每天看到的太阳仿佛一具婴儿的尸体摇摇欲坠地飘在沼泽一样的天空中正因如此她才信心十足地向县城里的每一个人宣布：太阳要死了。起初，人们觉得她每年夏天站在房顶上诅咒太阳，肯定是疯了，渐渐地，有人开始相信她的话了。太阳也有衰老的时候。索南达吉老爷爷就是这么说的。没错，太阳也有衰老的时候。有人开始慢慢地对她的预言表现出兴趣。想到这一点，她就感到些许欣慰。被这种难得一见的好心情陪伴着她哼起了一首多年前流行一时的情歌她甚至忘了饥饿。

十几个小时过去了新的黎明在一阵麻雀的喧啄中到来她听见六个女儿醒来穿衣的窸窣声。阿妈，你要是饿了，我们就给你一颗鸡蛋。她听见名叫卓嘎的二女儿在说话。她毫无饥饿之感，相反，她觉得胃里沉甸甸的像塞满了谷粒和沙石的鸡嗉。

她对二女儿卓嘎说：去吧，卓嘎，去找那个汉族骗匠去，他是你的阿爸。停了一会儿，她又说，没错，他赖不了的。一阵长久的沉默。十三只母鸡和那一只公鸡似乎都睡着了她无需侧耳就能听见二女儿卓嘎胸腔里奔涌着愤怒的火焰。没事的，一切都会过去的。她安慰自己说。没什么大不了的事，一切都会变好的。一只母鸡突然嘎嘎嘎地尖叫起来它被人踢了一脚接着有人摔门而出。去死吧，你这个婊子。二女儿卓嘎声嘶力竭地吼了一句。她在脚背上抓起一只蜥蜴塞进嘴里慢慢咀嚼品尝又咸又涩的滋味。

到了第三天她依然不觉得饿这令她感到奇怪因为在不久以前她为了证明自己的好胃口曾经花了两天时间吃完了一整头山羊肉。她殚精竭虑想要在这既蹊跷又神秘的事件中找到一种根源性的解释为此她停下手中的针线活用戴着铜顶针儿的右手抹了一把罩住眼睛的布条布条已经被血浸透了她不得不换上另一块布条。她觉得自己的眼眶像山泉一样好在她不再感到疼痛了这使她几乎忘记了星期一早晨发生在她身上的不幸。她试着眨了眨眼睛然后又转动了一下眼珠她觉得那两颗蜜蜡一样的黄眼睛完好无缺宛如两枚鸟蛋仍旧乖乖地待在鸟巢里。关于一只误入厨房的游隼叼走她眼睛的故事似乎从来不曾发生过这或许是个梦。她自言自语地说。

打从今年夏天诅咒完太阳我可能就一直没醒来。对，完全有这种可能。什么永不停息的沙尘暴啦什么游隼把她那一对蜜蜡一样的黄眼睛当成两只麻雀的雏鸟给叼走啦什么名叫央的大女儿和二女儿卓嘎离家去流浪啦……这一切统统都是梦。想到这里，她下意识地伸出双手，像抚摸兽皮一样抚摸着身周的空气。不知道是出于经验主义的认识还是仅仅因为迷信从她十七岁那年第一次见到玻璃的那天早晨开始她就固执己见气鼓鼓地否认梦像空气的说法。梦是一种玻璃状的东西。她向每一个对梦感兴趣的人表达自己片面却深刻的观点。它易碎，摸起来冰凉冰凉的，在某种光线下还能映出做梦人的影子她看到了自己的影子消瘦苍白她看到时光在急遽流逝瞬忽之间就过了好几天她看见三女儿兰曼措站在路边向她招手告别显出一副出门远行的样子。你这是要去哪里呀，我的孩子？她急切地问道，语气里散发着酸楚的气味。你干吗要学你两个姐姐的样子？三女儿兰曼措的嘴角挂着嘲讽的微笑。她看不出这孩子的眼睛里燃烧着愤怒的火焰。兰曼措从来都是这个样子。她觉得兰曼措在娘胎里的时候就养成了善解人意的好性格。你为什么不再陪我一会儿呢，兰曼措？她用一种哀婉的语气问道。我在人世上的日子所剩无几了，兰曼措，只要你付出指甲盖那么大的一点儿耐心就可以陪我走过死前这段寂寞的旅程。兰曼措耸耸肩，显出一副困惑的表情。阿妈，是你叫我走的。兰曼措说。是你叫我去沙漠里寻找那个牧驼人的，阿妈，是你说那个常年戴着狐狸皮帽子的牧驼人是我阿爸。

她看着三女儿兰曼措的背影被浓雾一样的沙尘逐渐吞没心中

一阵伤心她已经好多年没伤心过了这真让人奇怪。她叹息了一声接着低下头去继续缝制那件华丽的袍子。天黑得很快，似乎就在她一低头的瞬间，天就黑了。她陷在黏稠的黑暗里始终不肯相信自己已经瞎了的事实。

　　四女儿央嘎用她那云雀一样的好嗓音在厨房门外说话时她有些生气她不理会四女儿央嘎说的话。阿妈，阿妈，你要喝水，我就给你水。四女儿央嘎说。你已经三天没喝水了，阿妈。她突然恼怒起来像一头被惊醒的母豹。别跟个叫魂的巫婆一样瞎嚷嚷。她恼怒地吼叫着仿佛四女儿央嘎一拳头砸碎了她做了好几天的梦她听见梦的碎片哗啦啦掉落在地。快滚吧，你这丧门星。她说。到电影院门前找那个会唱歌的乞丐去吧他就是你的阿爸。说完这句话，她就不知道自己该干什么了。某个墙角重又传来蚂蚱的叫声。蚂蚱的叫声越来越大，像机车的轰鸣令她感到一阵阵的晕眩。她不知道自己是清醒着还是昏睡着。在这种暧昧不明的状态里她重又触摸到冰凉冰凉的梦梦的边缘像剃刀般锋利。她提醒自己必须小心翼翼但却不知为什么她还是伤到了自己。疼痛感从手指传遍全身这使她猛然想起她那双蜜蜡的一样的黄眼睛被游隼叼走的那个早晨。那是星期一的早晨。那只游隼仿佛创世的第一道光射进她的眼眶她依稀记得那只游隼在她的眼眶里停驻了很久。就在此刻，她依然有种模糊的感觉，觉得那只游隼还在她的眼眶里左右徘徊显出一副去意彷徨的样子。去吧，去吧，别再回来了。她用那种跟游隼交谈的腔调对客厅里来回踱步的五女儿茨仁央宗说话。在一种恍惚的状态里她把五女儿茨仁央宗当成了那只游隼。去吧，去吧，别再回来了。她感到自己的生命像沙漏里的沙子一样正在一点一点耗尽。去找寺院里的格桑喇嘛去，茨仁央宗。她有气无力地说。茨仁央宗，把我给你的脚铃拿给格桑喇嘛，他一看就明白了……在你临走之前，麻烦你告诉我，今天是星期几。她必须得把日期搞清楚。寺院里制定年历的星相喇嘛早在几年前就预言说今年九月的第一个星期天会发生日全食。她明白，太阳快要死了，而且将不再复生。为了赶在太阳死亡之前走进坟墓她夜以继日地赶制一件缎面袍子。袍子衬里是四张雪豹皮她要把积攒多年的翡翠玛瑙瑟珠和用金银做的首饰缀在袍子的缎面上她要像个贵妇人那样或者像个女活佛一样穿着世界上最华丽的袍子以自己的死亡来庆祝太阳的沉没。她侧着耳朵倾听着来自客厅的每一声响动公鸡在打鸣母鸡在啄食地上的米粒和蜥蜴那只讨厌的蚂蚱不知躲在哪个角落里总是声嘶力竭地叫个不停。

今天是星期六，阿妈。她听见六女儿吉桑在回答她。吉桑的声音稍显疲惫。她觉得时间流逝的速度在逐渐加快。就在她问今天是星期几的时候，星期五这一天就像一页日历似的被一只无形的手给撕掉了。显然，五女儿茨仁央宗已经走了。我还没告诉她她的阿爸是谁呢! 她又懊恼又沮丧。可怜的茨仁央宗! 可是，一想到星期天就要到来，她不禁慌了神。袍子才做了一半。她没时间再去关心六女儿吉桑了她也没时间去想一想七女儿卓玛在看到姐姐们相继离去之后会是什么感受。卓玛会哭吗? 不，来不及了，来不及了。她一边喃喃自语一边心急如焚地穿针走线好几次她都被针尖扎着了手指。我顾不上你了，吉桑，你们自己去找吧，卓玛，到毛卜拉去找那个会吹鹰笛的男人去吧，他是你们的阿爸，他的笛声能带来光明和温暖也能让伤口愈合还能让子宫出了毛病的女人怀上孩子……

她喋喋不休地说着话同时回忆着她与巴巴益西的初恋时光一种甜丝丝的香味像种子发芽一样从她的心脏里长出来穿过食道和喉咙最后停留在口腔里那甜丝丝的香味蓓蕾初绽接着便盛开成一朵娇艳的玫瑰。她有多少年没再看见玫瑰了？她有多少年没再咀嚼玫瑰的花瓣了？时间！时间！狗日的时间！她第一次用这种不得体的粗话咒骂着时间。有一种像是时钟走动时发出的滴答声响了起来。这么多年来，每当她咒骂可恶的时间，这种滴答声就莫名其妙地响起来。它比那只讨厌的蚂蚱还要让她闹心因为它即使在冬天也会不召而来这滴答声在天上在地下在水中在散发着霉味的空气里在她遍布全身的每一个白血球里。也许是死神敲响了召唤亡灵的钟声。滴答，滴答，滴答……

赶在星期天的中午她终于完工了一股喜悦之情宛若浪漫情歌在她的心房里萦绕不去。她穿上袍子戴上首饰打开厨房后墙上的窗户爬上了房顶像往常一样她向着天空扬了扬脸想要看清楚沙尘暴是否已将这个在堕落中死去的县城完全湮没但她很快就意识到自己是个瞎子。她的眼眶里仍在流血。她用鼻子嗅了嗅空气确定有一股令人鼻腔灼痛的沙尘弥漫在这片荒凉而广阔的天地里。这块天地是如此陈旧，许多东西无需目视就能说出它们的名称。她像个不曾失明的人那样招呼那个站在房顶南角凝视太阳的人。那个凝视太阳的人，就是卓玛。卓玛肯定把我当成了一幅唐卡中的人物。她心想。卓玛肯定得好半天才能认出我来。她用一块花布蒙面穿着红色的袍子袍子的袖口翻起来露出斑斓的雪豹皮。金银珠宝挂满了她的身体。过来呀，卓玛，你愣着干吗哩？她能感觉出卓玛在犹豫在迟疑她能感觉出卓玛欲言又止好像有一群蝴蝶正在卓玛的嗓子眼里上下翻飞。过来吧，卓玛。她又说。卓玛，你先告诉我吉桑是不是已经走了然后再告诉我沙尘暴是不是遮住了太阳。她静静地伫立着一动不动以防身上的金银珠宝发出叮铃当啷的声响。

吉桑在前一天的黄昏……卓玛还未说完，她就用手势止住了。她不需要卓玛告诉她沙尘暴是否遮蔽了太阳因为她听见太阳缓缓移动时发出的嗡嗡声。走吧，卓玛，待在这里你会饿死的。说这话的时候，她嗅了嗅太阳的气味，以便确定太阳很快就会死去。走吧，卓玛，到毛卜拉找那个吹鹰笛的男人去他会用笛声给你光明。她刚刚说完这句话就晕倒了但她在晕倒之后反而觉得头脑格外清醒。又是一场大梦。她触到了梦的边缘她甚至看到太阳正在死去而大地一片黑暗数不胜数的星星仿佛迁徙的鸟群掠过远处绵延不绝的莽莽群山她看到七岁的女儿卓玛掌灯而行并用一头借来的犏牛套着板车向着毛卜拉草原缓缓前进。她仰面躺在板车上觉得自己那双蜜蜡一样的黄眼睛从来不曾被一只游隼叼去。太阳会死的，但我那双蜜蜡一样的黄眼睛却永远不会消失。因为有了这种想法，所以她一扫心中阴霾脸上露出一丝笑容。可是，一想到在她的身下仅仅垫着一块生牛皮，这使她重又忧虑起来。她担心自己的袍子会被弄脏或者受到损坏她满怀怨恨地责备卓玛为什么不给她买一口棺材就是那种汉人用的画了龙和花朵的棺材她还担心毛卜拉的牧人不允许卓玛将她埋进土里。别担心，阿妈，我不会让别人知道的。她听见卓玛在说话。别担心，阿妈，毛卜拉有的是上好的松木，有的是手艺精湛的木匠，我会央求他给你做一口好棺材的……

跋：小说和诗歌中的西藏现实之旅

# I

　　我受邀而来。仁珍德吉忙碌的身影偶然会在墙壁上那众多的窗子中某一扇敞开的窗户里一闪即逝。没有她的招呼，我不便擅自闯入她的家里，何况，那只黑豹一样的藏獒正用它阴沉的眼睛盯着我。沉重的铁链在它的脖子底下哗哗作响。它那涎水涟涟的大口随着一阵又一阵慵懒的哈欠而不时张开，露出锋利如匕首一样的牙齿。那牙齿能轻易斩断狼的脖子。因此，我一动都不敢动，只好定定地站在尘土飞扬的路上，欣赏那极具装饰性的碉房。从我身边不时经过的马队在午后迷离的阳光里虚幻如梦中的异兽。

　　由于青藏高原那独特的、从高海拔向低海拔急遽倾斜的地形，穿城而过的河流便显得非常急促，加之水流流量较大（夏天的雪山融水使其速度加快），两岸又比较狭窄，河流拍击堤岸的声音也就非常洪亮。如果靠近河岸，人与人面对面交谈，彼此之间很难听清，除非双方加大嗓音的分贝。在河流两岸，木石结构的碉房鳞次栉比。碉房那石砌的墙体（也有板筑的土墙，但并不多见）外形方正，显得古朴粗犷，与藏族男人的外表极为相像。由于碉房的墙体向上微微收缩，因而整个建筑给人一种不可动摇的感觉。碉房一般分为两层，底层为畜圈和储藏间，上层为起居场所，包括堂屋、卧室、经堂、厨房和楼梯间。

我那迷人的仁珍德吉在房间里忙碌……

碉房宽敞平坦的房顶，用来晾晒衣物。一种叫"塔觉"的装饰——缠着蓝白红黄绿五种颜色布条的树枝——插在房顶的四角，迎风猎猎。"塔觉"的五种颜色分别代表天云火土水（组成藏人原始朴素的唯物主义世界的五大元素）。

我站在尘土飞扬的路上，期待着仁珍德吉在她家二楼摆满了花盆的阳台上招呼我进去。杜鹃、牡丹和一些从草原上移植来的野生花卉在阳台上开得非常鲜艳。其实，我之所以如此急切地要到仁珍德吉家去，是因为有个叫陈渠珍的骑士作为一名来自远方汉地的贵客居住在这里。他带着他的藏族妻子西原。爆发自拉萨接着便蔓延全藏的一场骚乱，一度使他们的生命危在旦夕。一位占卜师曾经预言，在接下来的一个世纪里，这样的骚乱将不断发生，直到铁马走路铁鸟升空而西藏人的佛法传遍世界的时候，这样的骚乱才会终止。

我要见到陈渠珍骑士。这么多年来，他是第二个出现在这个西藏小镇上的汉人。

## II

如果不是为了写作这篇虚实参半、既具小说性质又有理论探索的文章，上面这几段法国新小说派式的文字或许将永远废弃在某个 Word 文档里，与其一同废弃的，或许还有我在戈麦高地写了一年的草原日记。借助那些日记，我完成了自己的处女作《西藏流浪记》（大陆出版时更名为《寂静玛尼歌》）。

我用法国新小说派的笔法写过一部城市题材的小说《我们都是水的女儿》。这部小说完成于 2008 年，至今没有获得发表和出版的机会。当我试着用法国新小说派的笔法来虚构西藏故事的时候，一种错裂的感觉，刺中了我敏感的心，使我觉得这样的文字形同垃圾。对于魔幻的西藏，新小说派的写作方式是一种失效的写作方式，因为新小说派执着以求的，是用客观的、唯物至极的笔法构筑而成的文本世界，即使这个文本世界的一半或绝大部分由经验世界的情感、理智和想象以及超验世界的神灵、天堂与地狱组成。

对我而言，用新小说派的技艺来描写西藏，是一个难题，因为西藏是魔幻的。喇嘛转世制度。女神魂湖的幻境。用整整一生在荒山野岭苦修的瑜伽师。借尸还魂术。数不胜数的神灵与鬼怪。据西藏佛教典籍记载：1883 年，大持明者班玛登德证得成就虹光身，后来，他的弟子，伏藏大师让如圆寂时，其光蕴身缩小为六英寸许；1952 年，德格玉陇人索郎南杰成就虹光身。据说，这些佛教大师圆寂时，均会出现大地振动、天布妙音、彩虹横空等种种瑞相，而其身体大部分都化为光蕴而逝，或只留下毛发和指甲。这是智慧的证明。自古以来，佛学智慧——人类最古老的智慧之一——养育并恩泽了青藏高原。但是，今天的汉人并没有认识到这一点。事实上，西藏在人们的心目中从来没有明确的概念，也就是说，西藏成了一个虚构的词语。这个虚构的词语排斥客观的描述和理性的探究，而容纳了人们过度臃肿的关于高原风景、异域生活和神秘思想的浪漫想象。这种浪漫想象超越了事物的本质，因而具有一种魔幻的气质。与其说西藏是一块魔幻的土地，不如说从西藏之外来看待西藏的人是一群魔幻的人，因为这些人在唯物主义的都市生活中太过平庸，太过世俗，所以就需要西藏这个高而遥远不可轻易企及的地域来寄托自己对于精神性生活的向往。正是这一点，才让我相信，不管人堕落到何种地步，人性中对于神性的渴望总会像深埋在地下的泉水一样。

西藏的魔幻是一种现实。正视这个现实，对于汉人来说需要的仅仅是坦诚、谦虚和勇气。从哲学的层面上来考察，西藏的魔幻是一种以形而上的与理想化的方式体现出的古老智慧，是一种超越了世俗性而抵达神性的生活准则。

在我写作有关西藏题材的一系列小说时，新小说派的杰出人物——阿兰·罗伯—格里耶（Alain Robbe-Grilet）和克劳德·西蒙（Claude Simon）——惠泽于我的，并非他们那套怪异的写作理论，而是他们伦理道德的纯洁以及面对非正义（法国对阿尔及利亚的殖民）而敢于批判的勇气。中国作家欠缺的，首先是面对非正义所要付出的批判的勇气，其次才是写作的理论和技巧。

# III

陈渠珍骑士率领他的一众湘南子弟从镇子出发时,我站在路口怅望良久。

我想回到魂牵梦萦的故乡。

美丽姑娘仁珍德吉还在忙碌。她那窈窕的身影不时在窗户里闪现。

在陈渠珍他们走后,骚乱将在镇子里爆发,虽然这个镇子上只有我一个汉人。对于这一点,我是早有预见的。也许,他们会将我绑在木架上,用一堆篝火把我烤成油。但是,对我这样一个上了年纪的人,跟随陈渠珍骑士远涉羌塘荒漠,却是力有不逮。

这是一个借口。

我知道,这是一个借口。

我之所以守着这个古老的镇子,完全是因为仁珍德吉。这么多年来,我一直都在等待她长大成人。每每忆及我初次见她时的情景(从那时起,她就习惯了在墙壁上那众多的窗子中某一扇敞开的窗户里一闪即逝),我的胸腔里就会传来一阵空荡荡的隐痛。这是时间之箭射穿了我的心脏所致。

我所属意的,却是时间之轮,因为我已接受了藏人生死轮回的观念。由于时间之箭(在这个意义上,时间是线性的)的伤害,作为人,没有理由不绝望,也没有理由不悲伤。但就时间的相对论(在这个意义上,时间是非线性的)来说,人的存在既具有瞬时性,又具有永恒性。所以,当我假设自己在一个世纪之后转世为一个藏族修行者然后再转世为一个名叫柴春芽的汉人时，我对此充满了信心。

## IV

最先，影响我写作的，是美国的"BEAT一代"（中国学者将其译为"垮掉的一代"）而不是法国新小说派。更细致地说，是美国小说家杰克·凯鲁亚克（Jack Kerouac, 1922—1969）影响了我的写作，甚至影响了我的生活。在中国，他被尊崇为黑暗的破坏神和自由的黑天使。他影响了像我这样生于一九七〇年代的整整一代文学青年。许多人响应杰克·凯鲁亚克《在路上》一书的感召，开始背包上路，开始以非暴力不合作的方式反叛社会。这其中的典型，便是 2005 年七月坠落澜沧江失踪的诗人马骅。

2008 年七月，在马骅三周年祭日，由诗人高晓涛倡导并组织了一场纪念马骅的主题为"最好的怀念是持续不断地创作"的诗歌朗诵会，其意图除了怀念一个最好的朋友，还有还原这位朋友真实思想与其象征意义的举动。我有幸参加了这次朗诵会。朗诵会在我们的蒙古族朋友阿鲁斯的咖啡吧里举行。

在朗诵会开始之前，高晓涛播放了一部关于马骅在梅里雪山下的纪录片。我看着他日常的生活情景如往日旧梦一般浮现于渐积渐厚的时光的尘埃。用三角形木架支撑的黑板上，写着他漂亮的字迹；在课间休息时，男生在他脸上恶作剧似的涂上果汁，而女生则用她的袖角轻轻擦去他脸上的果汁；在黄昏的细雨中，他那消瘦的背影被小路尽头的树林逐渐吞没……

我强忍着，没让自己的眼泪落下来。与在场的别人不同，我不是马骅的朋友，在他生前，我也不曾和他谋面。当我听着别人朗诵着一首首怀念马骅的诗歌时，我的悲伤与别人的悲伤不同。我的悲伤来自我和他几乎相同的一段经历。我理解马骅。我理解一个人在远离都市、亲人与朋友的偏僻之地所遭受的孤独。我理解一个人断然割裂一贯运行的平庸生活所付出的勇气。我最理解。我理解一个人一经作出义务执教一年的决定便要排除怠惰、退缩、失望等等情绪而坚守自己最初的承诺所需要的顽强的意志力。真的，只有我最理解。如果不曾经历那样的生活，谁也没有权利说，他如何如何，他怎样怎样。对于西藏，人们热衷于走马观花，热衷于浮光掠影，热衷于猎奇并在猎奇的同时向那些贫穷的藏人炫耀自己的富有和都市人的身份。

怀着敬意，我在小说《西藏流浪记》中竭力讴歌像马骅这样的汉人。

## V

说实在的，在我进入那个名叫戈麦（官方地名是"各麦村"，隶属于四川省甘孜藏族自治州德格县汪布顶乡）的高山牧场之前，我对草原生活的浪漫想象压倒了实际的境况。那是一种艰难的生活。那种艰难不仅仅来自物质的匮乏（没有电，没有通信），也不仅仅来自交通不便（没有公路，出门只能徒步或者骑马），而是来自一种孤独。

陈渠珍骑士是否曾像我一样孤独?

在我阅读陈渠珍用古汉语写出的传记《艽野尘梦》时,我一再想到这个问题。

1909年,湖南人陈渠珍作为清王朝的一名末代骑士,随川军入藏,驻防工布,进攻波密,屡建奇功。那是一个动荡的时代,英军入侵,沙俄觊觎,清王朝派兵入藏。十三世达赖喇嘛土登嘉措面对如此复杂的政治局势,竟然保证了西藏领土的完整,不能不说是一个奇迹。随着1911年武昌起义的爆发,清王朝覆灭了。骚乱从拉萨爆发,最后遍及西藏。陈渠珍所属川军自行解散。于是,逃亡开始了。陈渠珍骑士携带妻子西原并湘中子弟一百一十五人东归。这一队人马在冬天进入羌塘荒漠,途中绝食七月,只能茹毛饮血,最后,及至到达青海西宁,生还者仅有七人。藏族女子西原像个守护女神,数次拯救陈渠珍骑士的生命。

现实往往超出文学想象的残酷逻辑。在陈渠珍骑士的爱情故事中,女主角的死,几乎像是一篇拙劣小说的结尾。

关于陈渠珍和西原的爱情传奇,并不需要我倾注过多笔墨。我所关注的,是人与人之间在摒除了民族、文化与信仰的差异之后,纯粹出于爱与慈悲的人之本性而生发的理解与互助。

在2008年3月14日之前,我曾游历了西藏的许多地区,并在一个藏人的高山牧场生活了整整一年。在德格县城,有一位名叫丹珠的老阿爸把我当成了他的儿子。在那个名叫戈麦高地的牧场上,人们把我当成了他们的亲人。是的,藏人从来不把我看成是个外人。当我提出要去闭关中心看一看五位闭关五年的瑜伽师时,印南寺的堪布爽快地答应了我的请求（这是从未有过的一次特例）。因此，我才平生第一次得以亲见瑜伽师的神秘面容。西藏瑜伽师的闭关苦修，完全超越了人体极限。正是因为这种超越，瑜伽师才能摆脱世俗、愚钝的心灵而获致精神世界的自由。仅从肉体的意义而言，瑜伽师的超越已经令人瞠目结舌。当时，正是冬天，我穿着羽绒服走进闭关中心，而那五位瑜伽师仅穿着单薄的袈裟，仿佛冬天的寒冷与他们的肉体绝缘了一般。也许，他们已经修成了拙火定。拙火定是一种修行的法门，它能使瑜伽师的身体产生一种热能。据说，在离德格县城不远的八蚌寺，每年冬天都要举行一场拙火定的考试。瑜伽师们坐在冰面上，身披浸湿的羊毛毯，用自身热能将羊毛毯烤干。

# VI

殖民地，军阀，大独裁者，大清洗，民族乃至种族的大融合，自由派与保守派的斗争，频繁的内战，主义、科学与迷信的混杂，信仰与原始巫术的共存……这一切，是生活在喜马拉雅以北这片土地上的人们与拉美人共同拥有的人类渣滓。拉丁美洲的百年孤独，同样也是西藏的百年孤独。那里的人们就如加夫列尔·加西亚·马尔克斯（Gabriel García Márquez）所说：追寻"一个新的、真正的理想王国，在那里没有人能决定他人的生活或死亡的方式，爱情将变为现实，幸福将成为可能；在那里，那些注定要忍受百年孤独的民族，将最终也是永远得到再次在世界上生存的机会"。

正是基于这样一种追求，《西藏流浪记》第七卷"寓言书"，实现了我从"美国BEAT"一代向拉美魔幻现实主义的转向，同时，也完成了我从法国新小说派向拉美魔幻现实主义的转向。

在此之后，我写作了《西藏红羊皮书》（它先于我的处女作《西藏流浪记》出版面世）中一系列魔幻现实主义的故事。

在小说中，我将希望寄托在格桑喇嘛的身上。我在塑造一位智者的形象。这位智者能够让这个矛盾重重的世界趋向和解。

"您知道，"拿破仑曾对法国诗人兼政治家丰塔纳（Louis-Marcelin de Fontanes）说，"世界上我最欣赏的是什么？是以无力之力来创立某种事情。世上只有两种力量，即军刀和智慧。久而久之，军刀终究会被智慧所战胜。"

我相信非暴力的佛教智慧终将战胜军刀。

正是在这个意义上，我要在小说（同样是以无力之力来创立某种东西）中，让具体的国家和民族（西藏以及西藏的一切，只是一种符号）消失，因为我只想道出人类。

## VII

如今，有关西藏的言说已经泛滥成灾，那些以大汉族主义的文化优越感垫底的、走马观花式的游记性散文，那些扭曲历史真相和遮掩现实残酷的商业小说，那些加了滤光镜并且经过Photoshop后期处理的明信片式的风光照片，那些以毫无科学根据和宗教理论为支撑的看似探讨生命轮回实则是用烂俗的穿越小说的路数拍摄的爱情电影，那些雪山啊草原啊骏马啊卓玛啊之类无病呻吟虚饰矫夸的流行歌曲……

够了！在经过半个世纪的妖魔化之后，西藏成了汉地小布尔乔亚和中产阶级的另一个臆造的幻景，成了炫耀自身财富的一个资本，成了寄托自己信仰虚无的一个集贸市场。

2006年夏天，我刚从戈麦高地的草原回到北京，摄影界正在热烈讨论一件事。一个摄影团去西藏，旅游巴士刚一停稳，一群头顶摄影家协会或者其他组织的各种头衔的人蜂拥跳下巴士，齐刷刷举起专业相机，对准一位藏族老阿妈狂扫滥射，就像一群侵略者举枪对准了一个毫无反抗能力的原住民。老阿妈无力冲出重围，最后，她哭了。这个哭泣的老阿妈的形象，久久存留在我的脑海里，作为一个活生生的、现实而又令人揪心疼痛的寓言。正是这个寓言，使我在谈论西藏时不断警策自己：如果用一种不恰当的言说，那将是一种不道德的行为。

## VIII

对我而言，亲历，阅读，检索和比较国内外出版的有关西藏的学术专著，与藏族朋友的友情，甚至是与一个藏族女人的爱情，还有与另外一些进入过西藏的汉族同辈不断的争论，构成了现在这个以小说家身份出现在公众视野里的我观照西藏的一幅精神地图。这幅精神地图或多或少具有叛逆色彩，而在这个精神地图上漫游的人，因此便成了爱德华·W.萨义德（Edward W. Said）在其著作《知识分子论》里所说的不向权贵说话的"放逐者"与"边缘人"。

但是，关于西藏，如何言说？

虽然我是一个摄影师，但我不敢用照片来言说，在中国，最有资格用照片来言说西藏的，是一个名叫吕楠的摄影师，在默默无闻的八年里，他绝大部分的时间是在西藏的农区度过的。观赏吕楠那组名为《四季》黑白照片，你能够在藏人最细节化的生活常态里发现人性的力量。你也能够看到吕楠刻意回避了彩色摄影对藏人那种粗粝生活的遮蔽与伪饰，所以他用的是黑白胶卷，从而使影像颗粒粗糙，保持了影像与藏人真实生活的一致。

理应来说，作为一名小说家，我该用小说的方式来言说西藏，事实上，我正在这么做。小说，作为叙事的艺术，与西藏独有的、全世界最长的史诗《格萨尔王》有着一定的关联性，但是，小说与史诗，其根本区别在于，一个是人的创作，一个是人代神言。人代神言，自然需要格萨尔这位神灵的授权。他让文盲成诗人，他让卑贱者因其诗人的身份和海洋一般的记忆力而受人尊重，因此，史诗《格萨尔王》是神授的艺术，所以杜绝人为的杜撰。当一个著名作家写出小说《格萨尔王》时，身在青海玉树的神授艺人达瓦扎巴对我表达了他的愤怒。人的傲慢和僭越，已经到了丧失理性的地步。史诗的高贵地位，被骤然拽落尘埃。

如果用诗歌的方式言说西藏，我不敢触摸的，是史诗《格萨尔王》。好在是，我拥有一批俗世中的诗人朋友，他们有藏人，也有汉人。与这些诗人朋友的交往、闲谈、同游，构成了另一个面向上的个人西藏心灵史。我愿意同大家一起分享这些诗人朋友的作品。另一方面，某些关于西藏的非我朋友所作的诗篇，填充并且修补了我自己原本贫瘠破碎的心灵。分享，而且缅怀，对于逝去的高原岁月，对于孤旅与远足，对于生命中那一段既是塌陷又是飞升的体验，对于既成的过去与可能的未来，这些诗歌作品，足以成为某种理想主义与道德行为的见证。

言说的自信由此而起，因为我更愿意谈及他们，而不是我自己。

我愿意相信自己在面对西藏文明时，是个一无所知的孩子。

以诗歌的方式进入西藏，由此开启言说的自由，这是一个方便的途径，因为诗歌是思维和智性对于作为表象与意志的世界所能具有的最为简洁、直接，而且是最为有力和真实的称述。

## IX

西羌雪域。除夕。

一个土伯特女人立在雪花雕琢的窗口，

和她的瘦丈夫、她的三个孩子

同声合唱着一首古歌：

　　——咕得尔咕，拉风匣，

　　锅里煮了个羊肋巴……


是那么忘情的、梦一般的

赞美诗呵——

咕得尔咕，拉风匣，

锅里煮了个羊肋巴，

房上站了个尕没牙……


那一夕，九九八十一层地下室汹涌的

春潮和土伯特的古谣曲洗亮了这间

封冻的玻璃窗。我看到冰山从这红尘崩溃，

幻变五色的杉树枝由漫漶消融而至滴沥。

那一夕太阳刚刚落山，

雪堆下面的童子鸡开始

司晨了。


  这首诗是昌耀作于1982年的组诗《雪。土伯特女人和她的男人及三个孩子之歌》中的第一首。昌耀参加过朝鲜战争，负过伤，当过"右派"，并在青海垦区被流放二十年。这首诗是一首希望之诗。苦难已经结束，一种没有恐怖的生活正在眼前展现。他携带自己落难中相爱的藏族妻子和三个孩子，居住在西宁。公元七世纪前期，松赞干布第一次统一青藏高原，建立吐蕃政权，都城逻些（今拉萨），自称"赞普"。所以，西藏古称"吐蕃"，也就是昌耀诗歌中的"土伯特"（Tibet）。

  让我一直感到惊讶的是，昌耀的诗歌从来就显得生机勃勃，似乎那个时代席卷全中国的人道灾难在他的笔下悄然隐遁了，但是，以昌耀长年所受的政治打击而言，他本该悲伤的，本该愤怒的，本该怨天尤人的，本该具有一种强烈批判精神的，因为就命运的轨迹而言，他太像俄罗斯诗人奥西普·曼德施塔姆（Osip Emilyevich Mandelstam）了，那个呼吸着清洗令就如同呼吸着冬夜的寒气一样奔逃于俄罗斯荒原和铁路沿线最终在 1938 年 12 月 27 日死于海参崴中转站的伟大诗人。

### 列宁格勒

北岛 译

我回到我的城市，熟悉如眼泪，
如静脉，如童年的腮腺炎。

你回到这里，快点儿吞下
列宁格勒河边路灯的鱼肝油。

你认出十二月短暂的白昼：
蛋黄搅入那不祥的沥青。

彼得堡，我还不愿意死：
你有我的电话号码。

彼得堡，我还有那些地址
我可以召回死者的声音。

我住在后楼梯，被拽响的门铃

敲打我的太阳穴。


我整夜等待可爱的客人，

门链像镣铐哐当作响。



昌耀没有像曼德施塔姆那样用嘲讽的（"我整夜等待可爱的客人"，可爱的客人，暗指克格勃或者秘密警察，"门链像镣铐哐当作响"）、焦虑的（"我住在后楼梯，被拽响的门铃 / 敲打我的太阳穴。"），甚至是绝望的笔调（"彼得堡，我还有那些地址 / 我可以召回死者的声音。"），写过如此这般呼吸着死亡就像呼吸着空气一样反映恐怖的诗歌。可是，这样要求昌耀是否有些苛刻？在一个没有现代诗歌传统的汉语环境里，昌耀从 1960 年代就开始启动自己的先锋意识，以纯熟的现代诗歌技巧开始自觉地探索精神和自然世界的秘密。因此，我认为，自新文化运动以来，中国第一个具有独立人格和自由意志的诗人诞生了。他不是写了《两只蝴蝶》的胡适之，也不是写了《凤凰涅槃》的郭沫若，更不是艾青、何其芳和臧克家他们，而是昌耀。就这个意义而言，昌耀超越了历史。正如流亡美国的俄罗斯诗人约瑟夫·布罗茨基（Joseph Brodsky）在回忆奥西普·曼德施塔姆、安娜·阿赫玛托娃（Anna Akhmatova）和玛琳娜·茨维塔耶娃（Marina Tsvetaeva）时所说："从根本上讲，天才是不需要历史的。"这个独立的诗人挺立在我大学时代的文学版图里。他教会我别去文学圈内拉帮结派，别去媚权也别去媚俗。他教会我真正地去热爱文学，而不是把文学当作谋取名利的工具。

大学四年级那年，也就是1999年的春天，我从兰州到青海，拜访昌耀。其时，他一个人居住在青海文联简陋的办公室。后来才知他那时已经离婚。昌耀与我见面。他有一种农民式的质朴，不善言辞，行为拘谨，在一个晚辈面前，毫无做作与矫情，也绝口不谈他自己的诗歌成就。他邀我去小巷深处的回族穆斯林饭馆吃羊肉泡馍。他忙着给我联系青海师大的熟人，希望我毕业后能在青海工作。2000年，我拒绝了校方推荐的工作，进入兰州一个报社当了一名记者。其后不久，听闻昌耀因胃癌晚期痛苦难忍最后在医院跳楼自杀的消息，我在悲痛之余，不禁诧异。

诧异什么? 昌耀先生二十年流放青海藏区并与藏族女人结婚而且还在诗歌中多次提到藏传佛教的智慧，可他为何没有皈依? 以昌耀先生之慧根，他对藏传佛教这种致力于解决生死困境的生命科学，定有敏感与体察，可他为何老景竟然如此凄惨而悲凉?

> 一个闯荡人世而完全不知深浅的家伙
>
> 或有可能被上帝蠲免道德体验的痛楚。
>
> 但你是一个没有福分的人，
>
> 因此许多固执而虚妄的观念继续将你侵蚀，
>
> 有如氢氟酸液在玻璃刻下粗重的纹路。
>
> 你自命逃避残忍。

因此你继续追寻自己的上帝。

那强有力的形象以美妙的声音潮水般袭来

冲洗灵魂，让你感受到了被抽筋似的快意。

这就是信仰吗？那么信仰仅在信仰的领悟。

那么无信仰就属于麻木。

那么失却信仰就叫空虚。

那么信仰就是领悟人生五味。

难怪一声破烂换钱的叫卖就让你本能地忧郁。

你自奉人生就是一次炼狱，

由此或得升华，或将沉沦。

你是一个持升华论者。

你必须品尝道德体验的痛楚。

在你名片的左上角才有了如许头衔：

——诗人。男子汉。平头百姓。托钵苦行僧。

在你的禅杖上写着四个大字：行万里路。

你自命逃避残忍。

而逃避残忍实即体验残忍。

语言的怪圈正是印证了命运之怪圈。

但那一强有力的形象总是适时给你以爽洁快意。

你总觉得头顶有一片网系密布的河流。

或是五光十色无尽飘游的丝絮。

或是似乎一刻也不曾脱离你脐孔的胎衣。

你所感觉的不过是你心室的杂音。

而你痴信那一强有力的形象永远在头顶

与清澈同在。与氧同在。与幽静同在。

与高纬度的阳光同在。

你于是一直向着新的海拔高度攀登。

海域在你身后逐日远去，

大河在你前方展示浩渺，直到源流穷尽。

你已上溯到恒静的高山极地，

光明之顶就在前方照耀如花怒放。

太阳就在中天冷如水晶球使你周身寒瑟。

这是惶恐的高度。

这是喇嘛教大师笃行修持证悟的高度。

你感觉呼吸困难而突然想到输氧。

你如紧持盾牌逼向敌手的士兵瘫软了。

但你孤立无援。

你瓢泼似的呕吐。

你将像乌贼似的吐尽自己的五脏六腑。

你本来无须逃避残忍。

你本来就拥有行使残忍的权利。

但你却想从残忍逃亡。

你想从危机逃亡。

你挣扎。你强化呼吸。

你已如涸泽之鱼误食阳光如同吞没空气。

你懊丧了吗？你需要回头吗？

但你告诫自己：冷静一点。再冷静一点好吗？

你瞪大瞳孔向着新的高度竟奇迹般地趔趄半步。

又向着更新的高度趔趄而去。

光明之顶始终没有从你的瞳孔逃逸。

假如你明白世俗的快意原就在自己身边

如同电气机车进站哼哼鸣响发音器一样真实，

假如你还能回忆起多氧环境的种种舒适，

假如你还记得鲸群在海流如此唱歌：

我们在这里，我们在这里，我们在这里……

你是否悔恨失去了许多机会，

顷刻间你是否感觉一切都已迟暮？

假如你明白富氧层就在你最初出发的地方，

你以为自己将腐烂得更快一些吗？

光波以超常的压强一齐倾泻使你几欲狂躁。

此刻你渴望昏迷如同渴望黑夜。

你将因窒息而毙命。毙命也就得到安息。

但你拼命喘息像一位乞丐吮噬一块羊脊髓。

你感觉到的屈辱是什么色彩？

肉体的花苞枯萎了，褪尽桃红。

你对自己说：不要难过，从阿谀者听到的

仅是死亡，而从悲歌听到生的兆头，

你听到氧元素远在头顶与鲸群对歌，

光明之顶被罩在你放大的瞳孔，

那强有力的形象滚滚而来时你感觉到了

被抽筋似的快意。你又向前趔趄了半步。


显然，从《僧人》这首诗可以判断，昌耀一直在寻找信仰，从基督教到佛教，并与"喇嘛教"有过亲密接触。"喇嘛教"，也就是藏传佛教密宗金刚乘。

毋庸讳言，一方面，昌耀先生引领我走向诗歌之路和做人之道，但在另一方面，他那悲剧性的死亡，警示我在追寻生命真意的道路上，不断向古老而纯洁的信仰靠拢。


## X


歌唱着满山遍野的樱桃

从东走到西，从南走到北

走遍天祝的流水和大地

走遍白天和黑夜


背着桦皮、青稞

手捧养育过祖先的泥土

攥紧游牧民族的血

我是一个激情的孩子

爱唱歌，爱流浪

但永不感伤

苦难或者燃烧
那通向天空的消失的路上
唯有我一个

像一首古老的歌谣
浪漫、质朴
怀念着人类美丽的家园
追索着生命的智慧和真理
神灵与造化
举起一片闪光的流水
一个因爱而孤独的
泪水打湿的孩子
这至爱着的
唯一的一个
喜欢在夜里
睡在高高的山上
大风也无法阻挡
星星：那缀满天空的光明的泉子
像我情人的眼睛
有我吮吸不完的
温暖和爱情

天涯海角，爱家乡

就像爱我的情人

爱我珍藏着的十三首诗


白云悠悠

在天祝高远寂寥的天空下

这唯一的、最后的

浪漫主义者

行囊空空，正独自歌唱

在积雪和流水的上面

星光灿灿的远方

你能看见他自信的脸

像月光下的一匹马

正翻过山冈


赤野千里，一个赤子

紧握泪水和泥土

用淳朴而沙哑的歌声

感谢着家乡

感谢着人类和生活


这首诗题为《在天祝的天空下独自歌唱》，写于 1980 年代，那是中国自"新文化运动"以来思想空前解放的时代，在长期的赤贫、肉体和精神的双重饥渴、大规模的政治运动等一系列灾难之后，整个中国似乎都在地火的催逼之下。大量西方的文学、哲学和美学著作被移译到国内。冷战的铁幕缓缓降落。柏林墙一夜垮塌。苏联解体。似乎全中国的青年都用诗歌表达蓬勃的性的焦渴和对自由世界与美好人类的向往。就是在这样一种背景之下，我在1999年认识的藏族朋友才旺瑙乳写下这首略显稚嫩却单纯透明的诗歌。从某些空洞的意象来看，他似乎受到了"诗歌烈士"海子潜移默化的影响，虽然这名在1989年卧轨山海关铁路的疯狂天才提升了汉语表达的穿透力，但他诗歌最大的缺陷，就是盲目的抒情。

> 西藏，一块孤独的石头坐满整个天空
> 没有任何夜晚能使我沉睡
> 没有任何黎明能使我醒来

> 一块孤独的石头坐满整个天空
> 没有任何泪水使我变成花朵
> 没有任何国王使我变成王座

如果取掉诗题《西藏》和诗歌起始第一句开头的那个词：西藏，接下来其他的六行诗句可以安放在世界上任何一个地方。过度的自我表现伤害了海子的诗歌，使其需要观照的外部世界总是显得苍白而空洞。许多刚刚走上诗歌写作之路的少年，都曾被海子这种盲目的抒情毒害过。我也曾是这些少年中的一个。估计才旺瑙乳也曾是。估计，我在后面的篇幅中将要谈到的诗人高晓涛也曾是。有些人意识到了海子诗歌的这种毒性，因而及早扬弃，找到了属于自己最本真的声音（高晓涛和才旺瑙乳属于这一群人），有些人却迷失了。

作为一个丧失了藏语母语，而只能用汉语书写和言谈的藏人，且又生活在甘肃天祝藏族自治县一个几乎完全被汉化之地域的藏族诗人，才旺瑙乳显得与西藏（人文和地理）隔得很远。所以，诗人被故乡的风景给迷惑了。由于年轻，由于阅历肤浅，风景之下的创痛虽然有所敏感，但还没有被诗人洞察和省视。他虽然说出："苦难或者燃烧／那通向天空的消失的路上／唯有我一个"，却不知这唯一的自我如何进入民族集体的苦难和记忆。

才旺瑙乳生长于斯的藏族部落，名为华锐，意为"英雄的部落"，但在1980年代，整个部落衰弱到近乎消亡的地步。我之所以在意这首诗，乃是因为这首诗中的天祝，是我第一次涉足的藏地。它像一把钥匙，使我此后整个的西藏地理与人文之旅的广袤天地瞬然洞开。在我的小说《西藏流浪记》里，诗人才旺瑙乳是小说人物边巴茨仁的原型——

你的朋友边巴茨仁是个丢失了母语而只能用汉语写作的诗人。他天性快乐、率真，才华横溢而又嗜酒如命，和世界上几乎所有的诗人一样，爱做英雄梦，渴望漫游、冒险，恨不得追随1870年代的法国诗人兰波去非洲贩卖军火。噢，白色猎手，你马不停蹄地奔波，穿越了惊慌的草原……他朗诵着兰波的诗句，手舞足蹈，像个戴着人面具的黑天使。同时，他又是个藏密金刚乘的奥义修持者，参禅，诵经，打坐，在大法会中受灌顶被加持，去遥远的寺院朝圣。他的身上总是洋溢着一股慈悲的摄授力，可以慑服众多桀骜不驯的灵魂，然后劝导那些双手罪恶的人皈依佛教，成为虔诚的佛教徒，让曾经操刀握枪的手持起酥油灯和印度香。


1999 年，在我拜访昌耀先生之后不久，才旺瑙乳带我进入天祝草原。他的父亲，多识·洛桑丹图群培仁波切，是天堂寺的转世喇嘛。"文革"期间，多识仁波切被迫还俗。我和才旺瑙乳就住在他父亲正在兴建中的囊谦里。天堂寺四面环山，寺前一条大通河，河的对岸就是青海。第二天早晨，才旺瑙乳站在大通河边，轻轻念诵经咒，轻轻撒放坛城沙，以献祭河中的神灵。由于长期生活在一个以掠夺和征服自然为宗旨的氛围里，当我第一次看见才旺瑙乳这种对万物有灵的大自然满是敬仰的仪式时，我的心灵为之一震。其后，才旺瑙乳带我到青海，朝圣塔尔寺。再其后，我带我大学的恋人从兰州到天祝，从天堂寺到塔尔寺。爱情伴着寻找信仰的内心呼唤，我一次次进入甘肃和青海的这片藏区。


他风尘仆仆

来到这里，来到市中心

站在广场中央

他的神态疲惫，目光安详

仰望着布达拉宫上空

蔚蓝色的天上

一片云彩飘飘而过

一片阳光斜照下来

微风拂面

他手中的诗集

开始一页一页飘散

一页一页

散发着野草的气息

野花的气息

逐渐漫过广场

漫过路边的行人

他们纷纷被其感动

减缓脚步

凝望着他

而他安详的目光

始终充满温暖的颜色

始终仰望着天空

那些诗句飘进他们的内心

他们就在这个人身边

心甘情愿，一动不动

沐浴着阳光

而布达拉宫上空

一群鸽子

就在他们宁静的目光里

永远地飞翔


这首题为《多年后会有一个人站在太阳城中心》的诗大概作于
1993 年。那一年，才旺瑙乳第一次来到拉萨。他对我说过，当他面
对布达拉宫的时候，止不住热泪长流。为什么热泪长流？是因为自
己被隐形之手无情撕裂的语言、文化和精神的伤痕？

说白了，来到西藏，我只是一个观光客。那些早我而来并在拉
萨居住日久的所谓"藏漂一族"，也只是观光客而已，因为我们的内
心没有创痛，没有撕裂，没有刻骨铭心的血肉牵扯。我们只是一群在
自己的土地上失去依怙的孩子，想要在藏人的圣城里寻找安慰。对
我们这些汉人来说，圣城拉萨或许有露水一现的爱情，有醉酒当歌
的暂时麻痹，却永远不会有像才旺瑙乳那样热泪长流的血脉之根。


## XI


接着我就认识了女诗人茨仁唯色，通过才旺瑙乳的引介，在
2004 年秋天的拉萨。秋风渐凉。在夜幕下的斜风里，瘦小的茨仁
唯色佩戴藏式首饰，出现在我面前。我们一起走向一个汉族民谣歌
手开的"念"酒吧。路边擦肩而过的酒醉者巫师般突然说出这样一
句汉语："北京的忧伤就是拉萨的忧伤。"我和唯色同时惊讶地回首，
那人东倒西歪地消逝在暗淡的街灯和浓厚的夜色里。

茨仁唯色的祖父是个姓陈的汉人。她的父亲和母亲都是高级干部。她用汉语写作。作为官方作家，她一直过着几乎可以说养尊处优的生活，直到有一天，她开始因身份的焦虑和信仰的涌动而思考，这种生活遂被中断。她离开拉萨，定居北京。2005 年，茨仁唯色回到拉萨，写出下面这首诗（部分诗节被删除）——

一年了，所以回家的心情有点激动
从机场到拉萨的路程缩短了一半　全靠
两座大桥和一个隧道　而过去的曲水大桥
有全副武装的士兵在保卫
车辆减速　不许拍照　似乎藏着军事机密
而今新建的桥上没有军人　难道不再需要提高警惕？
呵呵　公路两边出现了一模一样的新房子
藏式的　没有贴瓷砖　全都飘扬着五星红旗
耳边响起一个内地游客的话　藏族人民多么爱国
……
哈　那设在路边的商店还在卖假椰子树　假仙人球
假斑马　说明在拉萨很有市场　这不　又增添了
新的品种　一朵粉色的假莲花　正在阳光下盛开
看见著名的青藏铁路了　铺在凌驾头顶的水泥桥上
据说右边不远处　就是拉萨火车站　过几天得去瞧一瞧
先去转一圈布达拉宫吧　果然广场扩大　越发地像
内地任何一个广场的翻版　还多了几重状如酒壶的

彩门　太庞大了　太华丽了　太突兀了


省略不提与亲人重逢的亲切细节

直至下午四点　想出门逛逛　看看拉萨新气象

刚走到雪新村路口　突然觉得周围气氛诡异

不是久违的烈日过于炫目　而是他们　三五成群

小平头　黑色西装或深色夹克　个个精瘦　年轻

却神情紧张　又带凶相　低声嘀咕着四川话

我粗粗一算　竟有四十人之多　难道是黑社会火并？

早就风闻拉萨有"遂宁帮"和"甘孜帮"之类

老大　保镖　马仔　马子　就像港台的枪战武打片

呵呵　拉萨给了我一个当头棒喝

使我一时愣住　隐隐后悔忘了带上相机

突然　一辆出租车与一辆三轮车撞了

呼啦啦围拢一群人　我赶紧挤进去　听见

司机与三轮车夫破口大骂　都说四川话

有人劝架　说的还是四川话　又有人低声呵斥

普通话　很威严　脸膛发紫　像是便衣警察

不然那两人为何鸟兽散？而在红艳超市跟前

一辆警车刹住　又来了一辆　咦　那些打手呢？


傍晚六点　骑车向东　提心吊胆啊

满大街都是横冲乱闯的各种交通工具

有些喷吐着黑色废气　有些喇叭尖叫

穿过北京东路　抵达大昭寺广场　这是藏人的世界吗？

许多人手转大小不一的转经筒　慢条斯理地

转着帕廓　那是右绕的方向　符合佛教徒的常态仪轨

一位老妇坐在自制的轮椅上　双手摇把　口中诵经

一位妙龄女子　三步一个长头　给她一元钱却露出羞涩

一位头系黑色线穗的小伙子　用一小截兽皮拦路兜售

是啊　把水獭的豹子的毛皮　缝在

冬天的藏袍上　已成为拉萨人的时尚

挨肩接踵的商店琳琅满目　号称"西藏特色"的

各种纪念品　其实很多来自甘肃临夏的家庭作坊

吸引着面色苍白的内地游客　把白铜当作藏银

把石头当做天珠　珊瑚和绿松石

我知道三分之二的老板已是西北腔的回族

不信你去数数　一些四川人正在低头编织吉祥结

手艺不错　堪比僧侣　据说连僧侣也来订购


但晚霞美丽　辉映着绛红色的祖拉康

如同时光倒流　那个胖阿佳还坐在门口　笑眯眯地

卖给我一包尼泊尔出产的酥油　价格没变

如同时光倒流　认识的喇嘛们向我点头　微笑

就像是我每天都在此时进庙朝佛

如同时光倒流　数不清的藏人排着长队

藏巴　康巴和安多　捧着哈达　握着纸币

举着酥油灯或者盛满酥油的水瓶

如同时光倒流　我又没排队　厚颜着

像个游客　径直走向觉拉康

人头攒动　人影摇晃　人声訇响　金色的光芒中

我又见到了觉仁波切　伏地膜拜时不禁泪水滑落

如同时光倒流　心满意足的乡下藏人围聚着

挨个侧身　伏在紧贴墙面的空心石柱之上

传说寺院下面有个湖泊　幸运的人听得见隐约的水拍

于是他们惊叹着　左耳听了右耳听

就像是深深的虔诚也从左耳传到了右耳

呵呵　我也仿效　只觉得空穴来风


　　除了戏谑，除了嘲弄的口吻，茨仁唯色这首写于 2005 年的诗几乎没有什么诗意。比起她以前的抒情诗，那种清纯的、由瑰丽意象编织而成的诗句丧失殆尽之后，这首诗呈现出荒漠化的意象。我之所以提到这首诗，不是为了崇尚诗艺或者探究思想（因为这首诗没有诗意和思想），而是希望就其白描的细节体会今日拉萨的现状，因为我已有五六年没有再去拉萨了。没有暗示，没有闪烁其词，当然也没有遮蔽或者制造幻景。一种冰冷的逼视，让拉萨的丑陋纤毫毕现。比起 1993 年才旺瑙乳眼里那个纯粹的、有点蛮荒、有点寂寥却洁净的拉萨，2005 年呈现在茨仁唯色视野里的拉萨，则是一个被拜金主义完全湮没的拉萨。由此可以发问：是拉萨变了，还是看待拉萨的人变了?

2005 年,经茨仁唯色介绍,我去她的老家德格(属于四川甘孜藏族自治州),在戈麦的高山牧场开始义务执教。我去执教之前不久,诗人马骅在云南德钦梅里雪山下的一个藏族村庄义务执教一年,临别梅里雪山的某一天,他乘坐乡政府吉普车从县城返村,不幸随车坠落澜沧江,失踪。

## XII

她是印度的卓玛或依扎莎

她是红裙渡光的招牌或是万瑛飘洒的窗扉后纤长的断指

是那一年晾干的血迹和肤色

或是纱帘后滚动的傻子和他的性爱


她是眉骨开出的夺目花朵或是鱼尸上天的透亮羽翼

她是司职于"熄灭"的女伶或是蛰伏进门廊的九尺辫穗


她是剖开的玻璃酒瓶里红艳的鸡冠或是被扔掉的另一半篮脸坏了的一半

她也是监牢中男人的怒火和上天降下的格珍的爱情


她是神秘的联结,是冲动

或是随时开放的木花和她们尖利的蕊火

她是邪恶的长咒中难以自持的金铃动荡和摄人心魄的节奏
是进入后的改变和抹也抹不去的泪痕
是变质后印上就无法被剥夺的谎话或是反复清洗，脱下又
穿上的内衣

她是你三月咯出的污血和暗地伤心的脏器或是丢弃就不会
再有的迷失
是恍惚街道突现的金雨，不给你丝毫的喘息和退路

她是自暴自弃的深谷和丰腴萦怀的欲火或是海关越境的利
刃而瞒天过海

她也是天灵迸裂的死者和购卖天阶的罪魁或是雨湿的邮路
上孤单的誓言而无处藏身
是一个孩子手中牵着的云朵在风中回旋
或是夜路上偷吃绝望的疯子和他的牛

她是最后开口的巫师和废话或是你以虚幻换得的虚幻
是长久的欢乐和腐朽以及被广场遗忘的暗夜水涌

是悲伤你已不会再有

是病痛也已深入骨髓


她也是夺路的幸福掩面而来，抢走了羊血和祈祷的月珠，令
黑夜短暂，白日暗长
或是草长的萧瑟里服毒的叛首
她已看到了极度的影子和逝去的光辉，
或者她保持沉默就足以令众生无法忍受


她是我胸中失火的药引和蜜语的喃喃
她是印度的卓玛或依扎莎
是拥有神音的雪莲或月色的肉芽随意绽露


　　这首《八郎学旅馆的香音》，仿如长咒，密集的幻象重叠出幽
暗的款曲，绵长的句子暗示着诗人年轻雄壮的体魄，仿佛一篇出自
拉丁美洲的魔幻现实主义小说。显然，西藏就像一针致幻剂，催生
了诗人的癫狂、迷醉和超现实主义的想象。
　　有时候，我羡慕高晓涛那么早就去了西藏。先是从新疆搭乘长
途卡车，经阿里到达拉萨，这次旅行，他在中途晕厥，第一次拥有了
濒死体验，因而他老早就开始追求一个形而上的世界。后来，他又
和好友陆毅骑自行车从西宁到达拉萨。
　　我在小说《寂静玛尼歌》里借用了他的诗人形象和濒死体验：


　　诗人一直是个游荡在路上的诗魂。他走遍了青藏高原、蒙古

232

高原和帕米尔高原。诗人清楚地记得，那次在阿里，他突然昏倒在地，接着，他感觉自己从地上飞了起来，飘在空中俯瞰着躺在路上的自己。卡车司机扎西尼玛从驾驶室里跳出来，为诗人做着人工呼吸。距离诗人不远的云层里，一只秃鹫不知疲倦地盘旋。在诗人的意识里，时间也就过去了几秒钟，他醒来以后，扎西尼玛却说，他在路边躺了整整一个小时。那次濒死体验彻底改变了诗人。从那以后，诗人相信，真的有另一个世界。

我们和有些人虽然同在一个时代，但有些人总是先知先觉。在1970年代出生的这一代诗人当中，高晓涛是个先知先觉者。他很早就放弃体制内的公职，然后是长时间的西部漫游，体验苍凉大地上的悲情。2004年冬天，经过诗人颜峻的介绍，我在拉萨见到了高晓涛。其时，他一个人住在西藏文联一个经常闹鬼的大楼里。我请他在玛吉阿米酒吧屋顶上一边晒太阳一边喝啤酒。他赠送我一本由颜峻的SUBJIM印制的精美诗集，名为《聋子的耳朵》。可以这么说，最终促使我彻底放弃诗歌写作的人，是高晓涛。自从阅读了他的诗歌，我就知道我自己并不具备诗歌的直觉。诗歌直觉是一种很奇妙的东西，如何描述它其实很难，因为它像精灵。但是，一个有自省意识的人会知道，诗歌直觉是存在己身还是已经悄然离去。或者说，我的诗歌直觉在很早的时候就被弥漫在甘肃诗坛的那种前工业时代的、伪浪漫的抒情性给毁了。在高晓涛身上，具备了独立知识分子那种愤怒的批判精神，那种不屈不挠的民间经验和书本知识的渊博。他对道听途说的谨慎，他对名利的本能反感，他的隐世情怀，他对意识形态的抵抗，他对佛教信仰的怀疑与考证以及在怀疑与考证之后全身心的虔诚与皈依，等等，都是这个时代的中国青年身上最罕见的。

当一个诗人是幸福的。高晓涛证明了这一点。2010年，作为大陆首批受邀赴台湾长驻考察的青年作家，我和高晓涛有幸同赴台湾并且同住一间宿舍。他的心灵对整个世界是随时开放的。在旅行中，他随时掏出小本子，写上一两句诗。在就寝前，他会写上好几段诗。那种与世界的每一个声色香味触法的波动都能产生心灵共振的状态，使他的生命时时刻刻充盈着喜悦和亢奋。而一个小说家则不能如此。一个小说家会将整体复杂的世界浓缩为一个国家或者一个社会。小说家着重于询问而不像诗人那样倾向于聆听。小说家着重于考证而不像诗人那样倾向于体验。小说家着重于理性分析而不像诗人那样倾向于直觉感知。小说家喜欢聒噪般的评论而不像诗人那样保持宁静。更加具体点说，小说家一动笔就洋洋洒洒成千上万字，而诗人总是惜墨如金，因此，诗人可以随时写作随时将自己的所思所感诉诸笔端，而小说家却不得不受时间和空间的限制。

2006年夏天，高晓涛到德格来看我。我们一起爬山，徒步十一个小时来到戈麦高地。2005年，他去云南德钦看好友马骅。那是永诀。我所居住的戈麦高地，海拔4000米。马骅居住的明永村，海拔大约是2000米。我日日面对着莲花生大士曾经闭关苦修的念冬神山，马骅日日面对着梅里雪山，也就是藏人嘴里的念青卡瓦格博。戈麦高地的下面，流淌着金沙江。距离明永村不远，就是澜沧江。我负责教育 30 个藏族孩子,马骅负责教育 21 个藏族孩子。2006 年,马骅的忌日,我与他虽然素昧平生,但却梦见了他。第二年,马骅忌日,我又梦见了他。我就这样忆念着马骅,犹如忆念一个失散多年的好友。


## XIII


马骅离开人世时年仅三十二岁。有一段时间,我也觉得自己会在三十二岁之前死去。我曾经自杀过,在我十九岁那年。死神近在身边。更早以前,在我十四岁那年,死亡的气息整日萦绕在我身边。生的意义是什么?我记得十四岁的少年坐在河岸边,望着滚滚东逝水,苦思冥想着生存的意义。如果人皆有一死,那又何必如此辛劳刻苦学习知识博取功名?而死亡是什么?死亡是生命的终止吗?如果死亡是生命的终止,那我们当然有理由惧怕死亡。

> 上个月那块鱼鳞云从雪山的背面
>
> 回来了,带来桃花需要的粉红,青稞需要的绿,
>
> 却没带来我需要的爱情,只有吵闹的学生跟着。
>
> 十二张黑红的脸,熟悉得就像今后的日子:
>
> 有点鲜艳,有点脏。


这就是我们这些义务执教者在藏区的生活。在短暂的新鲜感和浪漫感消失之后,便是巨大的寂寞。时间变得空阔起来。世间的

一切显现出此前我们从来不曾关注过的细节。"上个月那块鱼鳞云从雪山的背面/回来了,带来桃花需要的粉红,青稞需要的绿。"如果是在城市里,你可曾如此细致地观察过自然界随着季节悄然变迁的云朵与植物?你可能更愿意花时间关注脸上的粉刺、发型、服饰、股市、房价、考研攻关和公务员考试公告。

> 被心咒搅动的水帘里飞翔着
>
> 一千二百个空行母、十三名金刚,争着揸去
>
> 盛装的异乡人沾了三世的泥巴。
>
> 雪崖上渗出的流水,直接溅出了轮回的大道
>
> 把石壁上的文字与阴影冲洗得更加隐晦。

不管是马骅生前的友人还是喜欢他诗歌的读者,都能感觉到他的变化。正如旅居德国的诗人肖开愚在马骅失踪后出版的诗集《雪山短歌》序言中所说:"他的诗变得干净、深情,像山区绵长的歌声传到柏林;命运和归宿感越来越强……"是的,此前的爱欲情仇、愤世嫉俗、恃才傲物和睥睨群雄的狂狷,在马骅隐居藏乡期间所写的诗歌里荡然无存。他不再关注城市和城中的琐事以及书本上的名人,而是潜入藏传佛教,开始与空行母和金刚熟稔起来。

空行母是什么?

空行母,梵文 Dakini,藏文 mkhah-hgro-ma,即护持密乘行人及教法之女性护法,亦对一切修密乘的女人之尊称;就更广义而言,女性之佛陀皆为空行母,如二十一尊度母、尊胜佛母等皆是。

就究竟义而论，般若佛母——一切佛所出生处，才是最高的空行母，修行人对空性或般若若得相处或趋入，大都会在梦中或定中见到种种空行母之示相，总之，空行母（古译亦作明妃）是密乘之护法，行者之伴侣及指导者，代表空性及慈悲，以女性之姿态出现，大概指化身所出之天女相，行于天空，故名空行，但亦有人间空行母之说。男性之空行则称为勇父（藏文 dpah-wo）或金刚。空行母不仅指密乘之护法天女，任何具足密宗根性之女人，亦可以称为空行母，或具有空行种性的人。

曾经有过多种职业的马骅有点像美国诗人盖瑞·史耐德（Gary Snyder）。盖瑞·史耐德当过山火瞭望员，也曾东渡日本，居住十多年，并曾出家三年，专习禅宗佛教。他有一首诗题为《献祭给度母》——


在人的身体中
渴望获得无上证悟者如此之多 [……]
因此让我，
直到这世界度尽成空，
救度需要救度者
用我女人的身体。


盖瑞·史耐德认为："我喜欢佛教的部分是其无畏。人们会变得扭曲，大部分是因为恐惧死亡，恐惧无常。我们生活中所作所为，大部分只是一些试着阻止死亡的策略，试着以物质来购买时间。"而藏传佛教最重视如何面对死亡。整个一套藏传佛教的瑜伽修行体系，就是教我们如何面对死亡，认识死亡的现象与本质，最终超越死亡。

马骅的身影在我的小说《西藏流浪记》里若隐若现。他是前世修行的喇嘛而在今世潜行人间为的是救度那些需要救度的人。他是一个小说家试图用一百零一种语言写作一部长篇小说而事实上他什么都没有写为的是证明所有虚构都是虚无。他试图超越此岸的人性从而抵达神性的彼岸。可是，作为个体，这种超越何其艰难。

我敢确定，如果没有马骅那像度母般"救度需要救度者"的大无畏品性，如果没有才旺瑙乳热泪长流的情怀，如果没有高晓涛的纯粹，如果没有茨仁唯色的批判精神，如果没有这些友情的甘泉融入我一度干燥如荒原般的心灵，我的小说写作毫无疑问将是矫揉造作的，也必然是一座烦言碎语堆砌而成的沙上城堡。为此，我向他们致敬。

2008 年 8 月 13 日

初稿于北京

2011 年 10 年 8 日

二稿于拉萨

2017 年 7 月 31 日

修订于日本奈良

**图书在版编目(CIP)数据**

你见过央金的翅膀吗/柴春芽著. —武汉:武汉大学出版社,
2017.9
ISBN 978-7-307-19524-0

Ⅰ.你⋯ Ⅱ.柴⋯ Ⅲ.短篇小说—小说集—中国—当代
Ⅳ.I247.7

中国版本图书馆 CIP 数据核字(2017)第 188593 号

责任编辑:周 昀

出版发行:**武汉大学出版社** (430072 武昌 珞珈山)
(电子邮件:cbs22@whu.edu.cn 网址:www.wdp.com.cn)
印刷:武汉精一佳印刷有限公司
开本:880×1230 1/32 印张:7.75 字数:162 千字
版次:2017 年 9 月第 1 版 2017 年 9 月第 1 次印刷
ISBN 978-7-307-19524-0 定价:39.00 元